2

勘当貴族なオレのクズギフトが強すぎる!

X(バツ)ランクだと思ってたギフトは、
オレだけ使える無敵の能力でした

Yuzuru Akashiratama
赤白玉ゆずる

illust.
蓮禾

ポンタ
「ホワイトラクーン」と
呼ばれる珍しい動物。
グリムラーゼ
行方不明だった、
アルマカイン王国の王女。
リューク
本作の主人公。
Xランクのギフト「スマホ」を
授かり養父に勘当される。
サクヤ
王国精鋭の忍び集団の
リーダーを務めるくノ一。
登場人物紹介 CHARACTERS

✦ゾンダール✦
国王に心から忠誠を誓う、
厳格で屈強な将軍。
✦ラスティオン✦
謀反を起こし捕らえられた、
王国最強の魔導士。
✦マクスウェル✦
現王妃の連れ子で、
次期王位を狙う王子。
✦メルディナ✦
前王妃の死後、国王と
再婚し権力を握る現王妃。

第一章　王の病気

1．ゾンダール将軍

子供の頃、孤児院で暮らしていたオレは、侯爵家に引き取られたあと魔法で洗脳されてしまった。自分の意志を失い、日々奴隷《どれい》のように養父ゲスニクにこき使われていたオレだったが、神様から謎のギフトを授かったことで人生が一変する。

その名も『スマホ』。いったいなんの能力があるのかサッパリ分からなかったが、実はＳＳランクを超えた最強のＸ《エクストラ》ランクギフトだったのだ。

しかし、使えないギフトを授かったということでオレは侯爵家を勘当されてしまう。そして『剣《けん》姫《き》』と呼ばれる天才剣士アニスと出会い、ゲスニクの私兵をまとめる軍団長ドラグレスに殺されそうになっていたところを彼女に救われる。

命拾いしたオレは『スマホ』の力によってグングンと成長し、そしてジーナ、ユフィオ、キスティーという信頼できる仲間を作ることができた。さらに、行方不明となっていたグリムラーゼ王女も救い出し、このアルマカイン王国に危機が迫っていることを知る。

それを解決するために、オレたちはアルマカイン王都に向かったのだった。


「おおっ、アレがアルマカイン王都か！　やっぱでっかいな……！」

グリムラーゼ王女を助け出した森から馬車で出発して三日目。

そろそろ夕方という時間に差しかかる頃、前方にどこまでも続く巨大な防壁が見えてきて、馬車を操りながらオレは思わず感嘆《かんたん》の声を漏らす。

当たり前だが、王都の広さは辺境のゲスニク領とはケタ違いだ。人口十二万人のゲスニク領に対し、アルマカイン王都にはなんと百五十万人の人々が住んでいる。

王都内には山や川などの自然も溢れ返り、王都民の食料を賄《まかな》うために耕地面積もたっぷりあるとのこと。アルマカイン王国領には、王都やゲスニク領以外にも貴族領や街、農村などが多数存在するが、王国民の半数以上がこの王都で暮らしている。

「着いたのね！　あ～王都に来るのも久々だわ」

オレの声を聞いて、ジーナも馬車から顔を出して外を眺めた。その後ろから、キスティーとグリムラーゼ王女も顔を覗かせている。

約二日半の馬車旅に、みんな少々お疲れ気味だ。

走っている馬車は三台。オレの馬車にはジーナ、キスティー、グリムラーゼ王女が乗り、王女の専属護衛であるヒミカさんが御者《ぎょしゃ》を務める馬車には、謀反《むほん》を起こして捕らえられたラスティオンと配下の騎士四人、そしてユフィオが御者を務める馬車には残りの騎士六人を乗せている。

ラスティオンたちをここまで連れてきたのは、もちろん王女を襲った罪を王都で裁いてもらうためだ。

ほどなくして、オレたちは王都に到着した。

入場門前に停《と》めたオレたちの馬車に、六人の門番たちが不思議そうな表情で近付いてくる。

「あ、あの……ヒミカ様ではないですか？　何故御者を務めてらっしゃるのでしょう？　それに、ラスティオン様やほかの騎士たちはどちらに？」

門番はヒミカさんを見て、驚きを隠さずに質問をする。

王都を出発したときは、ヒミカさんはグリムラーゼ王女と一緒に馬車の中にいたらしいし、それに大勢いたはずの護衛の騎士たちも見当たらない。門番が不思議に思うのも当然だ。

「残念ながら、騎士たちの多くは卑劣《ひれつ》な罠《わな》によって殺されてしまった。その首謀者は、宮廷魔導士長ラスティオンだ」

「なっ……なんですとっ⁉」

ヒミカさんの発言を聞いて、その場にいた門番たちが驚愕《きょうがく》の声を上げた。

その声を聞き付け、奥で待機していたほかの門番たちも続々と入場門に駆けつけてくる。

「このたびの遠出は、ラスティオンがグリムラーゼ王女様を亡き者にするための謀略《ぼうりゃく》だった。だが、この後ろにいる剣士リューク殿がそれを阻止し、王女様の命を救ってくれたのだ」

ヒミカさんの紹介を受けて、オレは御者席から門番たちに向けて会釈をした。門番たちはまるで状況が呑み込めない様子で、お互い顔を見合わせてどうすればいいか混乱している。

「ヒ、ヒミカ様、申し訳ありませんがしばしお待ちを！」

そう告げて一人の門番が馬に乗り、慌ててどこかへと疾走していく。自分たちでは判断しかねるため、上の人に相談しに行ったんだろう。

やがて門番は、もう一騎の騎馬を伴《ともな》ってこの場に戻ってきた。

馬上の騎士はドラグレスに負けず劣らずの巨躯《きょく》なうえ、かなり上質な装備を身に着けていることが遠目にも分かる。

ひょっとしてあの騎士は……!?

「ゾンダール将軍っ！」

ヒミカさんがその名を叫んだ。

やはり、あの騎士がアルマカイン王国最強と言われるゾンダール将軍だったか。その体から漂うオーラはケタ違いで、一目でただ者ではないことが分かる風格だ。

ゾンダール将軍は門の手前で馬から降り、こちらへ早足で近付いてきた。

「ヒミカ、ラスティオンがグリムラーゼ殿下を襲ったというのはまことか!?」

ゾンダール将軍は門を出たところで立ち止まり、厳しい視線でヒミカさんを見つめたまま単刀直入に問いかける。

「はい、間違いございません」

「バカな、何故ヤツがそのようなことを……！　して、殿下とラスティオンはどうしたのだ？」

「グリムラーゼ王女様は後ろの馬車に、ラスティオンは私のこの馬車の中に捕らえてあります」

「ラスティオンを捕らえた⁉　あのラスティオンをか⁉　このワシでも、あやつを生かしたまま捕らえるのは骨が折れるというのに？　いや、果たしてワシでも可能かどうか……おぬしがそれを成し遂げたというのか？」

ヒミカさんの言葉を聞いた将軍が、驚きの表情で言葉を発した。

とても信じられないといった様子だ。

「いえ、私にはそのような力はありませぬ。後ろにいる剣士リューク殿が、このたびのことを全て解決してくださったのです」

「リューク？　……聞いたことのない名だ。あの男が、ラスティオンを捕らえただと……？」

ヒミカさんの説明を聞いて、ゾンダール将軍は怪訝《けげん》そうな目でオレのことを見つめる。

かなり怪しんでいる感じだ。まあ当然と言えば当然だが。

オレは無言のまま、軽く会釈をした。

「むぅ、黒髪とは面妖《めんよう》な……ヒミカよ、おぬしあの男に謀《たばか》られているということはないだろうな？　まさか、洗脳されておるようなことは……」

「将軍が疑われるのはもっともですが、私は正気ですのでご安心ください」

「確かに精神汚染されているようには見えぬが、だがしかし……」

「ゾンダール将軍、ヒミカの言うことは本当です」

ヒミカさんと将軍のやり取りを聞いて、グリムラーゼ王女が馬車の中から出てきた。

そのあとから、一応姿を見せたほうがいいと思ったのか、ジーナ、キスティーも馬車から降りる。

最後尾の馬車の御者をしていたユフィオもその場を離れ、ジーナたちと合流したあと、三人揃って将軍や門番たちに会釈をした。

「彼女たちもわたくしを助けるために尽力してくださいました。今わたくしの命があるのは、全てリューク様と彼女たちのおかげなのです」

王女の説明を聞いて、将軍は右手を口元に当てながら考え込む。

今聞かされたことが真実なのかどうか見極めようとしている感じだ。

将軍はオレたちに対して敵意を出しているわけではないが、それでも凄《すさ》まじい闘気がビンビンと伝わってくる。世界最強クラスの人だからな。

現在のオレでは、正面から戦ったら多分勝ち目はない。まあこっそり写真に撮ったので、将軍のギフトやスキルをもらったらさらにオレも進化するけど。

「ふぅむ……分かりました。その者たちから邪気は感じられぬし、ヒミカと殿下の言葉を信じましょう。念のため、ラスティオンのことを確認させてもらいます」

ゾンダール将軍から緊張の気配が消え、その表情もゆるんだ。

どうやらオレたちのことを信用してくれたらしい。

(ふ〜焦った……生きた心地がしなかったぜ)

ゾンダール将軍のことを忘れていたわけではないが、いきなり対面するとは思ってなかった。

当然、将軍もラスティオン同様に王女の命を狙う王妃の一派だったらという不安はあったが、今のやり取りを見た感じでは無関係に思える。

将軍はヒミカさんの馬車に近付き、扉を開けて中を覗き込む。

「ラスティオン、おぬしともあろう男が、恩義ある王族に対し不埒《ふらち》な真似を企《くわだ》てるとは……！　真の目的はなんなのか、あとでじっくり聞かせてもらおう」

馬車を覗き込んでいたゾンダール将軍は、ラスティオンにきつく一声かけたあと、馬車を離れ元の位置に戻っていく。

そして乗ってきた馬に騎乗し、馬上から言葉を発した。

「ヒミカ、ワシは忙しいのであとのことは任せる。ではグリムラーゼ殿下、失礼いたします」

言い終えてから王女に一礼したあと、将軍は走り去っていった。

国中に激震が走るほどの事件なだけに、果たしてどこまで信用してもらえるか不安だったが、なんとか第一関門をクリアだ。

一応、王妃の勢力はまだそれほど大きくないらしいので、王女とヒミカさんが説明すれば問題なく信じてもらえるだろうという想定はしていた。

基本的には、王都にいるほとんどの人が、いきなり現れた冷酷な王妃より幼い頃から知っている王女の味方だ。だから、それほど怪しまれることはないだろうと。

そもそも王妃の勢力が大きかったら、もっと簡単に王女は暗殺されてるはずだしな。

無事王都に入ることができて、ホッとするオレたちだった。


王都内に入り、オレたちは王城に向かって、馬車で大通りを進んでいく。

「どこを見てもすっごい人、人、人だなあ……」

王城へと続く道は賑《にぎ》やかな街中を通っていて、夕暮れに赤く染まる繁華街を大勢の人々が慌ただしく行き交っていた。

みんな生き生きとしていて、ゲスニクの支配する街とは大違いだ。あそこの領民は、ただ生きていくだけで精一杯だからな。

この王都は、住んでいる王都民だけじゃなく、冒険者の数もケタ違いだ。

辺境と違って仕事に溢れてるから、ここには周辺からたくさんの冒険者が集まってくる。ゲスニクの街と比べて、数十倍はいるだろう。

冒険者ギルドも王都内に複数存在し、Sランク冒険者も多数所属しているらしい。

馬車を走らせながら街を眺めているうちに、ゲスニクの領民を救ってあげたい気持ちが高まってきた。こういう暮らしこそ、人間の本来の姿なんだ。

だが、侯爵領の領民を解放するなんてそう簡単じゃない。今のオレなら力ずくでゲスニクを倒せるかもしれないが、理由なくそんなことをしたら当然犯罪者になってしまう。

かといって、王都の上層部に訴えたところで、領地の自治権はゲスニクにある。基本的には外野が口出しするのは難しい。

それどころか、下手に訴えたら、ゲスニクに逆恨みされて余計悪化してしまうかもしれない。

グリムラーゼ王女と結婚して権力を手に入れれば、強引に解決することも可能かもしれないが、王女を利用するなんてもちろんできない。

これはあの領地で生きてきた――ゲスニクの養子として育てられたオレが解決しなくちゃいけない問題と思っている。

義父だったゲスニクがしている行いなのだから、勘当されたとはいえ元息子のオレも無関係ではいられない。みんなを救うためにも、頑張ってもっともっと力をつけなきゃな。

今のオレの力だが、ここまで来る道中の戦闘でレベルが1上がって、レベル132になっている。

もう少しレベルを上げたかったが、移動が最優先だったから、残念ながらあんまり経験値稼ぎができなかった。出会ったモンスターは全部オレが倒したんだが、レベル1上げるのがやっとだった。

そして、さっきゾンダール将軍を『スマホ』で撮ったので、そのステータスを確認してみると、将軍は戦士系の最強ギフト――SSランクの『戦神《せんじん》』を持っていた！

SSランクのギフトは、Sランクギフトを授かった人がどう鍛えても到達できないような強さを持っている。だからこそ、このアルマカインでも最強になれたのだろうが。

将軍はレベルも157で、所持スキルも軒並《のきな》み強力に育っていた。あのドラグレスなんてまるで目じゃない強さだ。

心から感謝しつつ、そのギフトやスキルをありがたくもらった。

これでオレは完全にドラグレスを超えただろう。もう絶対に負けないはず。

ゲスニク領を解放する手は今のところないが、あいつらに対抗できる力があるのは我ながら心強く思う。

あとはアニスのこと……今までも数週間に一度しか会えないような状態だったが、遠く離れてしまって寂しい気持ちが募る。

元気にしてるだろうか？　なるべく早く王位継承問題を解決して、アニスに会いに行きたい。

次こそ、ちゃんと告白するんだ！

色々なことを考えているうちに、馬車は王城に到着した。

2．病気の正体は？

王城に到着したあと、ラスティオンたちのことは城兵に引き渡し、オレたちは王女とヒミカさんの案内で城内を進んでいく。

今回のことについては兵士たちもすでに知らされていて、こちらが説明するまでもなく、ラスティオンたちをどこかへ連れていった。

ヒミカさんいわく、城の地下に幽閉するとのこと。重罪人用の牢獄があるらしい。

まあそのあたりのことは任せておけば問題ないだろう。

「うう、さすがに緊張するわね……」

ジーナの言葉に、ユフィオとキスティーも頷《うなず》く。キングウオームに三人だけで挑もうとするほど豪胆な彼女たちでも、王城内を歩くとなると萎縮《いしゅく》するらしい。

そのまま通路を歩き続け、オレたちは城内にある中庭に出た。

目的地は、前方に見える煌《きら》びやかな建物——王様やグリムラーゼ王女が普段暮らしている王宮だ。

何はさておき、父親である王様に王女の無事を報告したいらしい。病気で臥《ふ》せっている王様の具合も心配だしな。

オレたちは宮殿に入り、豪華な造りの廊下を右に左に曲がりながら進んでいく。

やがてその最奥《さいおう》まで来ると、ひときわ立派な扉が見えてきた。

「こちらがグリムラーゼ王女様のお父上、アルマカイン国王クラヴィス陛下の寝室です」

ヒミカさんの言葉でオレたちの緊張も一気に高まる。

王様だもんな……部屋に入るのはオレと王女だけだが、失礼がないように充分注意しなくちゃ。

王女は扉を軽くノックしたあと、部屋の中に向かって声をかける。

「お父様、グリムラーゼです。ただいま戻りました」

しばしの沈黙のあと、扉が中から開かれた。

開けてくれたのは王家の執事で、病床の王様に付きっきりで看病しているようだ。

部屋の中央には国王に相応《ふさわ》しい豪華なベッドが置かれ、そこにげっそりと痩せ細った初老の男性――クラヴィス陛下が横になっていた。

王女がゆっくりと王様のベッドに近付いていく。

「……お帰りグリムラーゼ。お前が戻るまで生きていることができて、余《よ》は神に感謝する」

「そんな……お父様、弱気なことを仰《おっしゃ》らないで！」

「いや、もういつ召《め》されても余はおかしくないのだ。あとはお前のことだけが心配だったが、もはや思い残すこともない」

「諦めないでお父様、腕の良いお医者様を連れてきましたわ」

王女の合図に合わせて、オレが前に出る。

事前の打ち合わせで、オレは医者ということになっている。『スマホ』の能力で、王様の病気を調べるためだ。

ラスティオンの反逆については、今の王様には精神的負担が大きくなりそうなので、ヒミカさんの提案で内緒にすることにした。もちろん、ほかの人にもこのことは伝えてある。

「ほほう、黒髪とは珍しい先生だ。それにずいぶんお若い」

「このリューク様は素晴らしい名医ですの。遠方からお父様のためにここまで来てくださったのよ」

「グリムラーゼ、余のためにお前が探してくれたのかい？」

「そうですわ。だからお父様もどうか諦めないでください。ではリューク様、よろしくお願いいたします」

王女に促され、オレは王様の傍《かたわ》らまで移動する。

そして症状を診《み》るふりをして、こっそりと『スマホ』で撮影した。

ステータスを見て王様の状態を確認してみると……

ちょっと待て!?　これは……どういうことだ!?

「余の具合はどうでしょう？　まだまだ生きられますかな？」

王様がオレの目を見つめながら、おどけるように訊《き》いてきた。

相当苦しいだろうに、それを感じさせないようなしっかりとした口調で言葉を発している。

娘のグリムラーゼ王女と同様、強い人だ。

「……もちろんですよ。陛下の病気は私が絶対に治しますので、もう少しだけ頑張ってください」

「おお、若いのになんとも頼もしい先生だ。今まで診てくれた医者は皆気休めしか言わなんだが、こうハッキリ治ると言われては、余も頑張るしかないのう」

「私を信じてくださってありがとうございます。必ずご期待にお応えしますよ」

そう言って、オレは王様から離れた。

それを見て、王女もオレと一緒にベッドのそばから移動する。

「では陛下、私は治療薬を作る作業に取りかかりますので、これで失礼いたします」

オレたちは王様と執事に挨拶をしたあと退室した。


「リューク様、お父様の病気を治せるというのは本当ですか!?」

王様の寝室を出たところで、グリムラーゼ王女が希望に満ちた表情でオレに訊いてきた。

「……まだ分かりませんが、可能性は充分あります。何より、王様は病気じゃありません。不治の病はオレでも治せませんが、そうでないなら打つ手はあるということです」

「ええっ!?　お父様は病気ではないのですか!?」

「リューク殿、それはいったいどういう意味なのですっ!?」

王女とヒミカさんが驚きの表情で訊いてくる。王様の具合が悪いのは重い病にかかっているためだと思っていたのだから当然だ。

あらゆる怪我に効くエリクサーでも、病気を治すことはできない。よって治療の手段がなかった。

だが実際には、『カタラ毒』という未知のものに汚染されていた。検索してみると、それは古代の秘法で製作できる希少な毒らしい。

病気じゃなくて毒ならば、治療の手段はきっとある。

ちなみに、検索結果には『化学変化』という言葉で説明が書いてあるが、これが何を意味するのか、オレには詳しいことまでは分からない。この世界では知られていない技術のようだ。

オレは何から話していいか頭でまとめたあと、ゆっくりと真実を伝える。

「王様は病気ではなく、毒による状態異常です」

「お父様が毒に冒されているですって⁉」

「バカなっ！　……いやリューク殿、そんなわけはありません！　体調不良の原因を探るため、陛下のお体は聖属性の魔法で検査済みです！」

オレの言葉を聞いて、ヒミカさんが反論してきた。

その気持ちは充分理解できる。大事な国王の体だけに、あらゆる可能性を考え慎重に調べてきたはずだからな。

「王様が冒されている毒は、モンスターなどが持っているような通常のものではありません。自然界には存在しない、人工的に作り出された呪毒《じゅどく》です。検査で分からなくても無理はないでしょう」

「人工的にっていうと、呪術師が調合で作るようなヤツか⁉」

ユフィオがピンと思い当たったことを訊いてくる。

「まあ、それに近いな。ただ、呪術師のは調合などで効果を強力にしてあっても、元は素材から毒素を抽出したものだから、解毒剤や治療魔法で治すことができる。だが王様の毒は、無毒なものを特殊な調合で有毒に変えているらしい。それも単純に細胞を破壊したり、神経や筋肉に直接作用するようなものじゃなく、複雑な要素によって人体の機能を狂わせ、ゆっくり死に追いやるような性質の毒だ」

「要するに、現存する毒とは違う未知の成分のせいで、王様の体調が悪くなってるってことね？」

さすがキスティー、勘がいいし理解も早い。

「恐らく、正確に分類するなら、毒とは似て非なるものなんだと思う。だから通常の解毒剤はもちろん、魔法でもエリクサーでも治療は不可能だが、毒の摂取をやめれば、これ以上の体調悪化は止められる」

「それでは、お父様は助かるのですね！」

と、王女が喜びの声を上げるが……

「いえ、それはまだ分かりません。とりあえず進行を抑えることはできますが、体内から毒素を消さないと、いずれ王様は亡くなってしまうでしょう。ただ、もうしばらくは体調を維持できると思うので、その間に対応する解毒剤を見つければ助かります」

まだまだ事態が深刻なことを告げると、王女は肩を落として落胆した。

難しい状況ではあるが、不治の病気というわけじゃないんだ。『スマホ』の力を駆使《くし》すれば、絶対に光明《こうみょう》が見えてくるはず。

色々と考えながら廊下を進んでいると、前方の入り口から王宮に誰かが入ってきた。

ボリュームのある金髪をアップスタイルにし、豪華な宝飾品と華麗なドレスに身を包んだ女性……アレはまさか⁉

「お義母様《かあ》っ⁉」

グリムラーゼ王女が驚きの声で叫ぶ。

そう、オレたちの前に現れたのは、王様の後妻メルディナ王妃だった。

息子のマクスウェル王子はいないようだが、四人の護衛を後ろに従えている。

「グリムラーゼさん、無事お務めご苦労様でした。此度《こたび》のことは聞きましたわ。魔導士長ラスティオンが謀反を起こしたとか？　まったく恥知らずな英雄ですこと」

王妃はオレたちの目の前で立ち止まり、呆れたような口調でラスティオンのことを罵倒《ばとう》する。

無関係を装っているが、この一連の黒幕は王妃だとオレたちは睨んでいる。

もちろん、ほかに黒幕がいる可能性もあるが、王女や王様が死んで恩恵があるのは王妃とその息子の王子なだけに、一番怪しい存在なのは間違いない。

早いところ証拠を見つけて王妃の謀略を暴《あば》きたいところだが、何せこの国アルマカインのナンバー2の地位にいるからな。安易に疑いの目を向けたら、どんな権力を使ってくるか分からない。

ラスティオンを尋問すればきっと突破口は見つかるはずだから、それまでの辛抱だ。

どこかあざけるような眼差《まなざ》しでオレたちを見つめながら、王妃は言葉を続けた。

「でも安心なさってグリムラーゼさん。ラスティオンは今しがた処刑しました。これでもうあなたが狙われることはないでしょう」

「なっ、なんだってーっ⁉」

王妃の言葉を聞いて、オレは思わず叫んでしまった。

ほかのみんなも、声こそ出さなかったが、驚きの表情を隠せない状態だ。

「先ほどから気になっていたのですが、この男はいったい何者です？　グリムラーゼさん、王宮に相応しくない方を入れては困りますわ」

「ラスティオンを捕らえたのはオレだ！　ラスティオンを殺したというのは本当か⁉」

「あなたが……ラスティオンを……？」

オレがラスティオンを捕らえたと知り、王妃の表情がほんの少し乱れた。

そしてオレを見つめる視線が氷のように冷たくなる。オレの強さをかなり警戒しているように思う。

必死に隠そうとしているようだが、王妃が動揺していることを強く感じるぞ。

この程度じゃ王妃が黒幕とまでは決めつけられないが、間違いなく無関係じゃないだろう。

「答えろメルディィナ王妃っ、ラスティオンは……」

「落ち着いてくださいリューク殿！　王妃様、リューク殿の非礼、慎んでお詫び申し上げます」

興奮しているオレをなだめながら、ヒミカさんが前に出て謝罪をした。

オレも我に返り、頭を冷やして王妃に頭を下げる。

「王妃……さま、無礼な口を利《き》いてすみませんでした」

「リューク殿、王妃様とは私が話をします。王妃様、今ラスティオンを処刑されたと仰りましたが、それは本当でしょうか？」

「もちろんです。あれほどの男は、一刻も早く処分しなければ危険ですから。生かしておけば何をするか分かりません」

「し、しかし、彼は大罪人です。その処遇を王妃様が独断で決められるのは……」

「これは異《い》なことを仰りますわねヒミカさん。国王があの状態では、判断はその妻であるわたくしが下すのは当然のことです。ぐずぐずしていたら、またグリムラーゼさんが危険になるのですよ？」

「それは理解できますが、せめてほかに仲間がいるか尋問をしてからでも遅くはありませんでした」

「こんな不敵なことをする輩《やから》がほかにいるとでも？　ラスティオンが独自で企《くわだ》てたことに決まってます」

王妃はヒミカさんの問いかけをことごとく否定していく。

強引な論理にもほどがある。どう考えても、口封じのためにラスティオンを殺したとしか思えない。

くそっ、なんのために苦労してここまで連れてきたのか！

せっかく掴んだ解決の糸口を、こんなに早く失ってしまうとは……！

ラスティオンほどの者をこうも簡単に抹殺するなんて恐ろしい女だ。ここまで強引な手を使ってくるなんて完全に誤算だった。

もはや王妃が黒幕なのは疑いようのないところだが……

オレは王妃の相手をヒミカさんに任せ、こっそりと『スマホ』で撮ってそのステータスを確認する。

王妃の持っているギフトは……『闇呪薬師《やみじゅやくし》』!?

こんなギフト、オレは聞いたことがない。恐らくオレの『スマホ』と同じく、特殊な能力であるユニークギフトだ。

『検索』で調べてみると、ごく稀《まれ》に出現するSランクのギフトで、古代の秘法を使って希少な毒薬などを作ることができるらしい。

古代の秘法で希少な毒だと!? これで全てが繋がった。王様に毒を与えていたのは王妃だ！

やはり黒幕だった。今まではただの推測でしかなかったが、これで完全に確信した。

そうと分かれば王妃をなんとかしたいところだが、国王が病に臥している現状では、実質国の最高権力者だ。まず証拠もなしに罪には問えない。

強引に追及などしたら、逆にこちらがピンチになるだろう。

仮に上手く追い詰めることができたとしても、王妃が素直に解毒剤を渡すとは限らない。そもそも持ってないかもしれない。

そのうえ、王妃の所業《しょぎょう》を暴くことに無駄な時間を費やしてしまったら、王様の命も危険になる。

……そうだ！　解毒剤はオレが作ればいい！

王妃の『闇呪薬師』をコピーすれば、オレにも同じ能力が使える。きっと王様の解毒剤も作れるはずだ。

オレは『闇呪薬師』をコピーして、解毒剤を調べてみる。

……ちょっと見たところ、調合に必要な素材は珍しいものばかりだった。検索してさらに詳しく調べてみると、一応どうにか手に入れることは可能と思われたが。

ただし、すぐに揃えるのは難しそうだ。その間に、王妃に自由に動かれたら面倒なことになる。

解毒剤を作るための時間稼ぎをしなければ！　それにはどうすればいい？

オレは思考をフル回転させる。

「話はもう良いですね？　ではわたくしはこれで」

王妃が話を打ち切ってこの場を去ろうとした。

このまま行かせちゃまずい。ええい、もういちかばちかだ！

「王妃様、実はオレ、古代の秘薬が作れるんですよ」

すました顔でオレたちの横を歩き去ろうとしていた王妃が、オレの言葉を聞いて眉をピクリと震わせる。

『古代の秘薬』が聞き捨てならなかったらしい。よし、気を引くことには成功だ。

王妃はオレのほうを振り返って、冷静を装いながら言葉を返す。

「……あなた、いきなり何を言い出すの？　それがどうかしたのかしら？」

「王様は病気じゃありません。非常に珍しい毒……『カタラ毒』に冒されています。でもオレが解毒剤を作って治しますのでご安心ください。それだけ言っておこうと思って」

「なっ…………」

王妃が息を呑む。さっきまで氷の表情を崩さなかった王妃が、明らかに動揺しているのが分かる。

いいぞ、もう一押《ひとお》しだ！　王妃にオレを厄介な存在と思わせて、抹殺する対象をなんとかオレに向けさせたい。

そうすることで時間稼ぎができれば作戦成功なんだが……

「実はさっき王様とお会いして、主治医を任されたところなんですよ。今後、王様の食事などもオレが管理させていただきます。王妃様、何か異論はありますか？」

「異論ですって？　王妃であるわたくしに対して、なんという不遜な態度。あなたのような礼儀知らずな男がこの王宮に出入りすることなど絶対に許しません」

「お義母《かあ》様、リューク様はわたくしの婚約者ですわ。ですので、王宮の出入りも問題ありません。王家に迎えるお方として、お義母《かあ》様も今後は是非配慮していただければと思います」

そう言いながらグリムラーゼ王女が前に出て、オレと王妃の間に割り込んだ。

「こ……婚約者……？　この男が⁉　そんなこと聞いてませんわよ⁉」

いきなり王女の婚約者が現れたので、王妃はかなり混乱しているようだ。

かくいうオレも、思わず反応して否定しそうになったが、この場は受け入れたほうが都合がいいだろう。ジーナたちもそれに気付いたようで、特に抗議する素《そ》振《ぶ》りを見せていない。

王女はオレと一度目を合わせたあと、言葉を続けた。

「それとお義母《かあ》様、わたくしは王位を継承するつもりはありませんでしたが、撤回します。もしもお父様が亡くなったときは、わたくしが王位を継いで、そしてこのリューク様に王の座を譲ろうと思ってます」

「よっ……よそ者に王位の座をですって⁉　そんなことが許されるわけっ……！」

「あら、お義兄《にい》様だってお父様と血縁関係はありませんわ。それなら正当後継者であるわたくしの夫のほうが、王として相応しくありませんか？　お父様の側近たちにもリューク様のことは伝えておきます。もしわたくしがいなくなったとしても、リューク様のことは次期国王候補として検討しておくようにと」

グリムラーゼ王女の言葉に王妃が黙り込む。

さすが王女、気の強いジーナたちをものともしないほど芯はしっかりしているだけに、王妃相手でも堂々とやり合えている。

オレの想定外の展開になっているが、よく考えるとこれは願ってもない状況だ。

王様の病気は毒が原因だとバレたうえ、今後は食事など身の回りの管理もするから、もう王妃でも手が出せない。

仮に王様の体がもたずに亡くなったとしても、王女が王位を継ぐと宣言した以上、王子は王になることができない。かといって先に王女を殺そうとも、オレが解毒剤を完成させたら、王様の命は助かってやはり王子は王位を継げない。

さらに、首尾良く王様と王女が亡くなっても、場合によってはオレが王子と王位を争う可能性すらある。つまり、危険を冒してまで王様や王女を襲う意味はなくなった。

王様をかろうじて生かしておいたのは、先に王女を殺しておかないとマクスウェル王子がスムーズに王位を継げないからだろうが、それがアダになったな。王妃の計画は完全に狂ってしまったはず。

この状況なら、真っ先に狙われるのはオレだ。オレさえいなくなれば、もう王様を治せる者はいなくなる。

そうなれば、あとは予定通りまた王女を殺すだけ。

そこまで王女が考えて発言したかは分からないが、なんにせよオレの目論見《もくろみ》通りの展開になりそうだ。あとはオレが王様を治す解毒剤を作ればいい。

「す……好きにしなさい！」

王妃は絞るように声を出したあと、護衛を連れて去っていった。

「リューク様、王位争いに巻き込んでしまって申し訳ありません。わたくしの言葉によって、リューク様が一番危険になってしまいました」

王女が深く頭を下げてオレに謝罪してきた。

オレが真っ先に狙われることに王女も気付いていたようだ。

「いや王女様、これでいい。複雑だった状況が単純になったよ。王様や王女様をどう守っていくかが悩みだったけど、オレが生き延びて解毒剤を作れば全て解決だ」

「でもリューク様のお命が……」

「王女様、大丈夫よ。リュークが負けるはずがないわ」

「そうそう、あのラスティオンですら簡単に倒しちゃうほど強いからな」

「私たちも協力するし、リュークなら絶対になんとかしてくれる」

ジーナ、ユフィオ、キスティーが王女を励ます。

その言葉に元気づけられたみたいで、王女は表情をゆるませてコクリと頷いた。

メルディナ王妃は躊躇《ちゅうちょ》なくラスティオンを殺すような女だ。強引な手を使ってでも、オレのことを必ず殺しに来るはず。

それを逆手《さかて》に取って、絶対に王妃の謀略を暴いてやる！

3. 闇の死神

「なるほど、そういうことか……」

すでに夜中の一時を過ぎた深夜。

オレはゆっくりと息を吐きながら、王宮の一室でポツリと独り言を呟く。

オレとジーナたちはなるべくグリムラーゼ王女から離れたくなかったので、使用されていなかった王宮の部屋を一時的に借りて住むことにした。もちろん、オレの部屋はジーナたちとは別室だ。

その部屋のベッドに寝っ転がりながら、『スマホ』の検索機能を駆使して『カタラ毒』を調べていたところ、おおよその状況が分かってきた。

まずメルディナ王妃のギフト『闇呪薬師』で作れる古代の毒は色々あるが、『カタラ毒』を選んだ理由は、恐らく解毒剤を作るための素材集めが非常に難しいからだ。『スマホ』で検索できるオレはともかく、普通の人間では解毒剤を作るのは不可能だろう。

そしてどうやって王様に毒を摂取させていたかだが、それは通常では考えられない驚きの方法だった。

『カタラ毒』の検索では『化学変化』という説明が出てきたが、これをもう少し詳しく調べたところ、人間の体内では物質の合成や分解が行われているとのこと。『カタラ毒』の仕組みは、ある成分と変異活性酵素というものを同時に摂取すると、この人体の化学反応により『ベネノモルティウム』という代謝産物が生成され、それが人体を緩やかに破壊していくらしい。

……と検索には書いてあるが、正直詳しいことはオレにも理解できていない。

とにかく、王様が食べたり飲んだりしているものを写真に撮っておいたので解析してみたら、栄養剤と水からこれらの成分が検出された。つまり、栄養剤と水にそれぞれ成分を含ませ、同時に飲ませることで『カタラ毒』を摂取させていたというわけだ。

王様の食事などをチェックしていた毒味役は二人いたのだが、片方は水、もう片方は栄養剤というように別々に毒味していたので、体内で『カタラ毒』が生成されることはなかった。

これでは毒を発見できなくても無理はない。

誰がこんなことをしたのか調べれば分かるかもしれないが、王妃が黒幕だと証明するのはきっと難しいだろう。それよりも、こちらの手の内を知られるほうがまずい。変に追い込んで無茶をされても困る。とりあえず、今後の食事はオレたちが管理するから、王様の体調悪化は食い止められるはず。とはいえ、ちゃんと治療しないとこのままではいずれ死んでしまうが。

とにかく、まずは情報収集からだな。

『スマホ』の検索で調べたところ、解毒剤の製作には素材が色々必要ということが分かったが、その中でも特に『クラティオ苔《ごけ》』は幻と言われるほど手に入れるのが困難らしい。それに加え、突然変異と言われる『光るカリディアの実』も、まず市場には出回らない希少なものだ。

そのほかの素材はなんとか揃えられそうだが、この二つを果たして見つけることができるかどうか。王様の体調を考えると、あまり時間をかけるわけにもいかない。

一応、一時的に症状を抑える薬は作れたから、それでしばらくはもつはずだが……

それと、『闇呪薬師』の能力を調べていたところ、『惚れ薬』というものを作ることができるのが分かった。

これを摂取すると、傍らにいる人物に愛情を感じてしまう効果があるらしい。

精神汚染の『魅了』とは少し違って無理やり操るほどの効果はないが、その代わり解除魔法《ディスペルマジック》でも解除できないという利点がある。

王様に対して、メルディナ王妃は恐らくこの『惚れ薬』を使った気がする。そうでもない限り、前王妃が亡くなってすぐに新しい王妃を娶《めと》った説明がつかない。

王様と前王妃の仲が睦まじかったのは、アルマカインの全国民が知る事実だったし。

……なんとなく全体像が見えてきたぞ。

一年前に前王妃が亡くなり、すぐにメルディナ王妃が現れて再婚。間もなく王様の体調が悪くなり、王位継承問題が起こる。そしてラスティオンが裏切り、王女の命が狙われる。

この一連の流れは、全て仕組まれたものだったということか。とすると、まさかとは思うが、前王妃が亡くなったのも偶然ではないのか……？

もしそうなら、こんな大それたことをメルディア王妃とマクスウェル王子だけでできるとは思えない。何か大きな力が裏にある気がする……

ちなみに、ラスティオンの反逆や死については、しばらく国民には内緒にすることにした。今発表すると衝撃が大きすぎるからだ。

これについては王妃側にとっても都合がいいようで、同意見らしい。

腐ってもラスティオンは英雄だったから、王妃の独断で処刑したなんて知られたくないのだろう。結構人気もあったしな。

そして王様のことだけど、『惚れ薬』に関しては永続的な効果ではないから、このまま時間が経てばそのうち王様の愛も冷める——つまり正気に戻ると思う。

よって『カタラ毒』さえ回復させれば、全てを解決できそうだ。

「よしっ、そうと決まれば、明日すぐに行動だ！」

オレは『スマホ』を消して眠りにつく。

翌日、朝一番にジーナたちのところに行くと、彼女たちに頼みごとをするのだった。

☆

「リューク、お前の言った『ドゥルケ蝶《ちょう》の羽』を手に入れてきたぞ！」

「アタシも探してきたわ。『チャプナン草』ってコレでいいんでしょ？」

「私も『雷蜥蜴《スタンリザード》の尻尾』を手に入れたわ。さすが王都だけに、探せばなんとか見つかるものね。でも残念ながら、『カリディアの実』は通常のものしか売ってなかったけど……」

王宮内のグリムラーゼ王女の部屋でオレと王女、ヒミカさんが待機していると、ユフィオ、ジーナ、キスティーが、解毒剤を作る素材を探して持ってきてくれた。

三人に頼んだのは希少で高価なものばかりだったが、流通の盛んな王都だけに手に入れることができたようだ。

「みんなサンキュー！　これでだいたい集まったよ。ただ残りの二つ、『クラティオ苔』と『光るカリディアの実』はやはり採取しに行かないとダメか……」

ここまでは順調だが、予想通り王都だけで全ての素材を揃えるのは無理だった。

もしかしてたまたま入荷してたなんて奇跡的な可能性に期待したんだが、さすがにそんなことはなかったらしい。

『カリディアの実』は普通のものならそれほど珍しくないんだが、光る実となると、ごくたまにしか見かけることはない。『クラティオ苔』はさらに希少で、調べたところでは山奥の洞窟などに生えてるらしいが、これまた発見されることはほとんどない激レア素材だ。

この王都で手に入らない以上、ここを離れて探しに行くしかないが……

『スマホ』の検索では、生育地の詳細な場所までは載ってないんだよなあ。そのため、ありそうなところをあちこち回ってみるしかない。

世界のどこにあるか分からないだけに、できれば大勢の人を雇って人海戦術で探したいところだが、あの王妃のことを考えると、絶対的に信頼のおける人間じゃないと頼むことはできない。

それに危険な山奥を歩き回ることになるから、相応の強さも求められる。これらの条件に合う人物なんて簡単には見つからないだろう。

そもそも『クラティオ苔』が遠方にしか生育してなかったら絶望的だ。

さてどうしたものか……

頭を悩ませていたそのとき、黒装束を着た男がこの部屋に入ってきた。

「グリムラーゼ王女様、失礼いたします。ヒミカ様、書庫にある文献をしらみ潰しに漁ったところ、『クラティオ苔』についての記述が見つかりました！」

入ってきたのは、王家に代々仕える忍者の一族——ヒミカさんの部下だった。

男は興奮が収まらない様子で、持ってきた書物をヒミカさんに手渡す。

「本当か⁉　でかしたサノスケ！　よくぞ見つけてくれた！」

ヒミカさんは該当ページをすぐさま開き、書いてある詳細を無言で読んでいく。

オレたちはそれを静かに見守りながら、ヒミカさんの言葉を待つ。

「……なんと、これは僥倖《ぎょうこう》！　リューク殿、神は我らを見放してませんぞ。この王都からそう遠くないところで、『クラティオ苔』が手に入るかもしれませぬ」

ヒミカさんの説明によると、このアルマカイン王都の東の山奥で、百年ほど前に『クラティオ苔』が発見されたという記録があるとのこと。

この近辺にあるかもしれないというのは願ってもない情報だ。

引き続きほかの入手手段も探しつつ、何はともあれそこへ行ってみるのが賢明だろう。

「東の山にはカリディアの木も自生しておりますので、上手くいけば『光るカリディアの実』も同時に手に入れることができるかもしれません」

「それは助かります。神様に感謝しないといけませんね」

ヒミカさんの説明通りなら、一石二鳥に解決できる。どうなることか心配だったが、一気に前進したぞ。

まあ実際入手できるかどうかはまだ分からないところだが。

「ただリューク殿、気懸《きが》かりなこともあるのです」

希望に目を輝かせていたヒミカさんが、ふと表情を曇らせながら言葉を漏らした。

「気懸かりとはなんですか？」

オレの質問に、ヒミカさんは腕を組みながら少し考え込み、やがて意を決したように話し始める。

「文献によると、『クラティオ苔』の生えていた洞窟には、人の力ではけっして勝つことが叶わぬ『闇の死神』がいたとのこと。『クラティオ苔』を発見した者たちは『闇の死神』に襲われ、その死に際にかろうじてこの情報は口伝されたようです」

「『闇の死神』……？」

聞いたことがない存在だが、それはモンスターだろうか？　エルダーリッチやデスゲイザーなどは『迷宮の死神』と呼ばれることもあるから、その類《たぐ》いのモンスターかもしれない。

だとすれば、今のオレなら互角以上に戦えるとは思うが……オレには火、水、土、風、光、闇の属性魔法や即死攻撃が効かないからな。

ただ、人の力では絶対に勝てないという情報が気になる。

エルダーリッチやデスゲイザーはかなり強敵ではあるが、人間が絶対に勝てないということはない。『闇の死神』に襲われた人が、その強さを大げさに評価しているだけなら、そう心配することはないかもしれないが……

「確かに、昔から東の山……ラモール山には死の神が棲《す》んでいると言われているのです。なので、アルマカインの民はおろか、他国の人間もラモール山の奥に行くことはありません。『クラティオ苔』が滅多なことでは発見されないのは、そういう理由もあるのでしょう」

ヒミカさんが情報の補足をしてくれる。

「なるほど……でも、そうと知っていても、行くしか手はありません。たとえ死神が待ち受けていようとも、必ず『クラティオ苔』を手に入れて帰りますよ」

「リューク殿……命を懸けさせて本当に申し訳ないが、あなただけが頼りです」

「任せてください！」

オレは力強く返事をする。

『闇の死神』については百年前の記録だから、現在もいるかどうかは不明だし、すでに死んでいる可能性だってある。まあ手強《てごわ》いモンスターは長寿が多いから、あまり気休めにならないけどな。

「よし、そうと決まれば出発の準備をしようぜ！」

方針が決まったところで、ユフィオが気合いを入れて言葉を発した。ジーナとキスティーも力強く頷く。

しかし、オレは三人を連れていくつもりはなかった。

「待ってくれみんな、今回はオレだけで行ってくる」

「なんでよっ⁉　アタシたちはチームでしょ⁉」

驚きの表情を見せるジーナたちに、オレの考えを伝える。

「王妃はオレの存在を邪魔と思ってるから、恐らくオレを狙ってくるとは思う。だがそれでも王様や王女様が心配だ。だから念のため、みんなはここに残って王様と王女様を守ってくれ」

目星もない状態でやみくもに探すのではなく、場所が東の山と分かっているなら、オレ一人でもなんとかなるはずだ。

それにジーナたちも東の山については詳しくないみたいだし、みんなで行ってもあまり効率良くなるとは思えない。むしろ、三人が足手まといになってしまう可能性すらある。

それよりも、彼女たちには王宮を守っていてほしいところ。

「で、でも、リュークだけで行くのは心配だわ。『闇の死神』ってヤツも気になるし……」

「大丈夫だキスティー。オレは絶対負けたりしない」

オレの言葉を聞いて、三人は顔を見合わせる。

そして一呼吸置いてから笑顔を作り、オレに返答した。

「分かったわ。王都はアタシたちが守るから、リュークは安心して行ってきて」

「ありがとう、三人とも頼りにしてるよ。王女様、オレはしばらくここを離れますが、敵の動向には充分注意してください」

「わたくしは大丈夫です。リューク様、どうかお気をつけて……」

「リューク殿、ではよろしくお願いいたします」

グリムラーゼ王女とヒミカさんの言葉にオレは頷く。

先日の王妃とのやり取りで、王様や王女様を襲うメリットがあまりないことは王妃も理解しているはずだ。何はともあれ、オレを真っ先に始末しようとするに違いない。

よって、王都のことはジーナたちに任せておけば問題ないだろう。

そうと決まれば早速準備だ。といっても、大抵のアイテムは『スマホ』で撮ってあるから、今さら揃えるようなものはないが。

問題は東の山の地理を全然知らないだけに、効率良く探せるかが不安だ。一応『スマホ』のマップ機能で地図は見れるんだが、素材探しはそんな単純なものじゃないからな。

土地勘も必要になるかもしれないから、本当は道案内できる人がいてくれると助かるんだが……

まあ頑張るしかない。

☆

翌朝。

一刻も早く出発したほうがいいだろうと考えたオレは、朝イチで支度《したく》をして部屋を出た。

ジーナたちにひとこと挨拶したところで、ちょうど王宮の入り口からヒミカさんが入ってきて、慌ててオレに声をかけてきた。

「ああリューク殿、まだ出立してなくて良かった。任務で散っていた精鋭の忍者たちを呼び寄せましたので、手足のように使ってくださいませ」

「えっ、忍者!?」

「はい。我が忍び軍でも特に優秀な者たち『天狼七部衆《てんろうしちぶしゅう》』です。そのうちの一人は最強の忍びで、戦闘力だけならこの私を遥かに超えます。きっとお役に立つでしょう」

「ヒミカさん以上の強さ!?　それは凄いですね」

ヒミカさんいわく、全員間違いなく信頼できるので、遠慮なく自由に指示していいとのこと。

オレは一瞬迷ったが、忍者は探索能力がずば抜けているので、協力してくれるのは大いに助かる。

東の山にも当然詳しいようで、オレだけで探すよりも絶対に効率はいいだろう。

「分かりました。是非その皆さんを紹介してください」

オレはヒミカさんの案内で忍者七人と合流し、王都を出発した。

4．王妃と王子

リュークたちがアルマカイン王都に到着した日の深夜、王宮の一室で二人の人間が密談を行っていた。一人はこの部屋の主メルディィナ王妃で、もう一人は金髪の細身な男――息子のマクスウェル王子だ。

ラウンドテーブルに設置された椅子に腰掛け、優雅にハーブティーを嗜《たしな》んでいるマクスウェルに対し、メルディィナは落ち着かない様子で室内を歩き回っている。別に目的を持って歩いているわけではなく、必死に思考を巡らせていると、勝手に体が動いてしまうといったところだ。

「メルディィナ、まあとりあえず座りなよ。君がうろうろしていると、せっかくのティーが不味《まず》くなる」

「うるさい！　お前ものんびり茶なんて飲んでないで、いい案がないか考えろ！」

茶化すように話しかけたマクスウェルに、メルディィナが怒り混じりに返答する。

「そんなに焦ることないって。要するに、そのリュークってヤツを始末すればいいんだろ？」

「お前はヤツを見ていないからそんなことが言えるのだ！　あれは簡単に殺せるようなタマではなかったぞ。それにあの黒髪……不吉な予感がする」

メルディィナはテーブルに近付き、椅子を引いてマクスウェルの正面に座ったあと、右手の親指をギュッと噛んだ。血が滲み出そうなほど、ギリギリと歯が指に食い込んでいる。

「黒髪ねえ……レアなギフトを授かるって言い伝えがあるけど、本当なのかね？」

メルディィナとは対照的に、マクスウェルはリュークの存在をさほど気にしてない様子。

それにしても、母子の会話にしては少し妙な雰囲気があった。

息子が自分の母を名前で呼ぶのはあまりないことだ。『君』というのも他人行儀に思える。

それもそのはずで、実はこの二人は親子の関係ではなかった。

その正体は、アルマカインの敵国レグナザードからの刺客だったのだ。

五年前、レグナザード国はアルマカイン王国に対し侵略戦争を仕掛けた。

このときに獅子奮迅《ししふんじん》の活躍をしたのがゾンダール将軍とラスティオンで、最終的には両国痛み分けという形で一度終戦となっている。

だが、領土拡大を狙うレグナザードはアルマカインを諦めきれず、力ずくではなく謀略をもって手に入れることを考えた。この計画のため、工作員としてメルディィナとマクスウェルをアルマカイン王都に送り込んだわけである。

母子を演じながら国王クラヴィスに近付いて、まずは前王妃――グリムラーゼ王女の母を病死に見せかけて殺した。そしてメルディナの秘薬で王の心を惑わし、王妃の座を射止める。

その後、王に毒を与えて弱らせたあと、宮廷魔導士長のラスティオンを買収し、レグナザード国に寝返らせた。アルマカインにおけるラスティオンの待遇はけっして悪いものではなかったが、野心家なラスティオンはメルディナたちが提示した多額の報酬や条件に目が眩《くら》んでしまった。

もちろん、メルディナたちはラスティオンについて綿密に調べあげ、籠絡《ろうらく》できると確信したからこそ謀反を持ちかけたわけだが。

完全に計画通りに進み、あとはグリムラーゼ王女を事故に見せかけて始末すれば、自動的にマクスウェルが王に即位できる算段だった。

そうなれば、戦わずしてアルマカイン王国はレグナザードのものになったのだが……

「ラスティオンを処刑する前、あやつが言っておった。あのリュークという男は怪物だと。この私とお前でも絶対に敵《かな》わぬだろうとな」

メルディナはラスティオンが最期に残した言葉を思い出し、底知れない不安に襲われる。

「へえ……リュークってのは、あの『雷帝《らいてい》』ラスティオンにそこまで言わせるほどのヤツなのかい」

「力の掴めぬ男だった。『怪物』とはてっきりラスティオンが苦しまぎれに言ったのだと思ってたが、捨て置けぬものは感じた。何より、王と会っただけでこの私の呪薬『カタラ毒』を見破るとは、到底信じられないことよ」

自分が作った毒は秘薬中の秘薬だ。それをいとも簡単に見破った事実にメルディナは戦慄《せんりつ》した。

あまりの動揺に足がふらついたほどで、かろうじて冷静に振る舞えたのが奇跡と思えるくらいだった。

「メルディナは自分の薬に自信を持ちすぎなんじゃないのか？　見破られただけでそんなに焦ることもないだろ」

「バカを言うな！　私がこの任務に選ばれたのも、世界最高の呪薬の腕があってこそだ。その証拠に、王の病気について疑う者などいなかったであろう！」

「はいはい、分かってるよ。まあしかし、こんなことなら手っ取り早く王様を殺しちゃってたほうが良かったんじゃない？」

マクスウェルは国王暗殺を事もなげに口にする。

「国王をただ殺しただけじゃ、この国は手に入らない。それについては何度も検討したはずよ。それに、不慮の事故で王が死んだとしても、その原因を必死に究明するに違いない。万が一暗殺とバレたら、それこそ大変なことになる。だから病気で自然に死ぬのが最善だった」

「まあね。あの堅物《かたぶつ》のゾンダール将軍を落とせれば、また違った手も取れたんだろうけどね」

メルディナたちはゾンダール将軍を買収することも考えたが、忠誠心の高い彼を落とすのは不可能と判断し、諦めることにした。

将軍が寝返ってさえいれば、強引な手を使うことも可能だったかもしれない。

「……仕方ない。私たちだけで任務を成し遂げる予定だったが、計画変更だ。マクスウェル、お前の仲間を緊急で呼び寄せろ」

「ええっ、今さら⁉　それじゃ僕のメンツが丸潰れだよ。王女暗殺だって、ラスティオンに頼まず僕に任せれば失敗しなかったのに。リュークってヤツを殺《や》るなら僕がやるよ」

「お前のメンツなんて知るか！　それに、王子であるお前が直接動くのはまずい。このままでは今までやってきたことが全てご破算だ。可能な限り仲間を呼び寄せろ！」

マクスウェルの正体は凄腕《すごうで》の暗殺者だった。今回の作戦を成功させるため、レグナザード国が高額の報酬を約束して雇ったのだ。彼には仲間が存在し、メルディナはそれを召集するように命令した。もちろん、リュークを始末するためだ。

王子役を務めているマクスウェルは極力動かすわけにはいかない。よって仲間にやらせるつもりだが、何せラスティオンを捕らえた男だけに、凄腕暗殺者でも勝てる確証がない。

もしも失敗したら本当に終わりだ。できるだけ人数を集めたほうがいいだろう。

「了解だ。その代わり、依頼料が跳ね上がることは覚悟してくれよ」

「分かっている。念のため、『虚身《うつろ》』を呼ぶことはできないか？」

「『虚身《うつろ》』だって⁉　僕でさえ接触したことはないよ。彼を呼ぶほどの相手だっていうのか？」

『虚身《うつろ》』とは世界最強の暗殺者のコードネームだ。仕事の成功率は百パーセントで、狙った獲物を逃したことはない。

その能力は謎で、裏の世界に生きるマクスウェルですら接触が困難な存在だが、蛇《じゃ》の道は蛇《へび》、連絡を取る手段がないわけではなかった。

「絶対に失敗しないヤツを用意しておきたいのだ。依頼するかは状況次第だが、とにかく手を尽くしておくに越したことはない」

「メルディィナがそんなに心配性だとは思わなかったよ。言っておくけど、『虚身《うつろ》』ともなると呼ぶだけでとんでもない大金がかかるからね。仕事の報酬はさらにケタ違いだよ？　君にその予算を動かせるのかい？」

「本国に取り合ってみる。この作戦が成功するためなら、なんとか都合してくれるだろう」

とメルディィナは言ったものの、『虚身《うつろ》』を使うような状況になった場合、果たして作戦を完遂できるのか不安はあった。リュークの登場により、すでに計画は大幅に狂ってしまった。この調子では、マクスウェルがすんなり王位を継げるような展開にはならないかもしれない。

ただ、切り札があれば心強い。『虚身《うつろ》』ならば、あのゾンダール将軍とて敵ではないからだ。

できれば、この最終手段を使わずに済むことを願うメルディィナ。

「作戦はこれで決まったね。じゃあ仲間たちに連絡を取ってくるよ」

マクスウェルはカップに残ったティーをくいっと飲み干してから席を立つ。

彼が退室したあとには、なんとも言い様《よう》のない空気が部屋に漂っていた。

その不吉な予兆を拭えないまま、メルディィナは就寝するのだった。

第二章　素材を探せ

1．天狼七部衆

「ちょっ、ちょっと待ってくれ！　ここいらで少し休憩しないか？」

オレは馬で疾走する集団の最後尾から、前を走る連中に向けて声をかける。

オレたち――『天狼七部衆』とオレの八人は、解毒剤を作るための素材を採取しに、アルマカイン王都の東にあるラモール山に向かっていた。

今朝ヒミカさんにアルマカイン王国最強の忍び軍『天狼七部衆』を紹介され、馬に乗って一緒に王都を出発したわけだが、彼らは特に優秀な馬を愛馬としていて、オレが乗るこの馬『ヘラルド』とは比較にならないほど走るのが速い。おかげでついていくのがやっとなうえ、ヘラルドがすっかりへばってしまって「もう無理っ、頼むから休ませてくれ」と嘆いているんだ。

『スマホ』の翻訳で会話してみたら、さっきから泣き言を言いっぱなしでな。体力が完全に限界らしいが、これぱっかりはオレのスキルでもアイテムでも解決不可能だ。

例えば回復系の魔法やポーションの効果は怪我を治すのみで、疲労が取れるわけではない。

エリクサーなら疲労回復にも効果はあるが、それでもすっきり全快とまではいかない。そもそも疲労回復にエリクサーを使う人なんていないだろうが。

別の手段として、魔法やアイテムで一時的に疲労を感じなくさせることは可能だが、その場合、効果が切れたあと大きな反動が出る。

無理やり疲労を消しても、結局のところ体への負担は積み重なっていく。よって、疲れたら休むのが基本である。

睡眠も同じで、眠気を取る手段はいくつかあるが、何かの効果を使ってもずっと起き続けることはできない。眠くなったら寝る。でないと、無理が祟《たた》って体が壊れてしまう。

こういう体調については、魔法やアイテムではどうにもならない問題なんだ。

そんなわけで、前を走る七部衆に休憩を打診したんだが……

「この程度の走りでもう音《ね》を上げたのか？　ふん、だらしのないヤツだ」

七部衆の中で一番大柄なカブトマルが、オレのほうを振り返りながらそう叫ぶ。

「いや、オレじゃなくて、馬がもう限界なんだ！　頼む、一度止まってくれ！」

オレの必死の訴えで、七部衆はようやく馬を止めた。

遅れて追いついたオレも、馬――ヘラルドを止め、馬上から降りる。

「まだまだ先は長いというのに、どういうつもりだ。こんなところで時間をくっている場合じゃないぞ」

細身の男ゲンアンが馬から降りながら、呆れたようにオレに文句を言ってきた。

ほかの面々も次々に馬上から降り、みんな渋い表情をしてオレを睨んでいる。

「そうは言ったって、オレの馬はそっちのような駿馬《しゅんめ》じゃないんだ。っていうか、君たちも疲れているんじゃないのか？　ブヒン、ブヒン？」

オレはこっそり『スマホ』の翻訳を使って、馬語で七部衆たちが乗る馬に訊いてみた。

「ブヒン、ブヒヒヒーン！（我らはまったく疲れてなどいないが？）」

あ、そうですか……どうやらこれだけ走っても元気いっぱいらしい。

オレが乗るヘラルドとは出来が違うようですね。

ふとヘラルドを見ると、拗ねたようにそっぽを向いてしまった。

「何を馬鹿なことしてるんだ？　馬と話せるわけでもあるまいに。おかしなヤツだ」

「いえ、なんとなく鳴いてみただけです。気にしないでください」

オレが馬と会話しているところを見られ、七部衆の中では比較的落ち着いているマンジにツッコまれた。

それにしても、ヒミカさんの話では、七部衆はオレに協力してくれるんじゃなかったのか？　話がだいぶ違うんですけど？

手足のように使っていいとまで言ってくれたのに、全然協力的じゃないし……

「だからあーしたちだけで行くって言ったのに！　こんな足手まといを寄越すなんて、まったく姉貴は何考えてんのか分かんねーな」

　とキレ気味に発言したのは、ヒミカさんの妹であるサクヤ。二十三歳ということだが、身長がグリムラーゼ王女よりも低い百五十五センチほどなので、年齢よりもだいぶ若く見える。

　というか、菫《すみれ》色のロングヘアーを高い位置でツインテールに結んでいて、そしてかなり童顔なので幼い印象だ。十五歳と言われても納得してしまうかもしれない。

　ただし、その実力は七部衆……いや忍び軍最強で、レベルも123に到達していた。ヒミカさんの戦闘力を遥かに超えるというのは彼女のことで、この七部衆でもリーダーを務めている。

　持っているギフトは特殊《ユニーク》ギフトで、Sランクの『闘力鬼《とうりきき》』というもの。これは気功術という能力で体内にある気《パワー》を操って、身体能力を上げたり、魔法のように攻撃したり、回復したりすることもできるらしい。

　この能力のおかげでサクヤは戦闘力は高いらしいが、探知や隠密《おんみつ》などは苦手とのこと。だから役割は戦闘専門となっている。

　ほかの七部衆もお互い違った長所を持っていて、それぞれ得意分野を担当しているようだ。

「リュークって言ったっけ？　どーやってあの堅物姉貴に取り入ったか知らねーが、あーしは甘い顔しねーぞ。とりあえず休憩はしてやるが、あんまり邪魔するなら置いてくからな！」

「は、はい、肝《きも》に銘《めい》じておきます……」

　想定と違う展開になってしまってショボンである。特にサクヤはオレに対する不満が大きいようで、出発からきつい言葉をかけられっぱなしなのだ。

外見は文句なしの美少女なんだけど、とにかくめちゃくちゃ気が強いんだよな……とても逆らえる気がしない。

ただ、ヒミカさんがわざわざ呼び寄せてくれただけに、確かにみんな優秀な忍びだった。

オレ一人で探すよりも、彼らがいてくれたほうが明らかに捗《はかど》るだろう。

しばしの休憩をしたのち、またオレたちは馬に乗って移動を再開した。

☆

アルマカイン王都を出発して二日目。

馬をひたすら飛ばしてきたおかげで、オレたち一行はすでにラモール山の麓《ふもと》までやってきていた。

ここから先は深い森となっているため、馬の走れるような道はなく、自分たちの足のみで移動することになる。馬たちとはとりあえずここでお別れだ。

ちなみに、馬がモンスターに襲われた場合に備え、馬は木などに繋ぎ止めずに待機させる。

緊急時には自力で逃げ出せるようにだ。

一応、待機場所は比較的安全なところを選んでいるが、仮にそういう事態になっても、またここに戻ってくるように訓練されているとのこと。馬たちもこの手の任務には慣れっこらしい。

オレの愛馬ヘラルドだけは不安そうな顔をしているけどな。

申し訳ないが連れていくことはできないんだ、スマン……

馬語で無事を祈ってるとだけヘラルドに伝えて、オレたちは森へと進入した。


グリムラーゼ王女捜索のときと同様、草木が鬱蒼《うっそう》と生《お》い茂《しげ》る森の中、通りやすい道を探しながらオレたちは傾斜を登っていく。文献に記されていた場所を目指して進んでいるが、おおよその位置しか分からないので、その近辺をしらみ潰しに調査しなくてはならない。

果たして、目的の『クラティオ苔』が首尾良く見つかるかどうか……

しばらく山中を進んでいると、先頭を進んでいたテッサイがみんなを手で制止した。

「全員動くな。わいの探知に魔物がかかった。危険度Bってところだな」

テッサイは七部衆の中では若い二十八歳の男で、レベル103ながらもSランク冒険者以上のずば抜けた高い探知力を持っている。

それは『領域監視《テリトリーサーチ》』という、自分の周囲を鋭く探知できるAランクの特殊《ユニーク》ギフトを持っているからであり、そのため集団の少し前を走る斥候《せっこう》役を任されていた。

このギフトは通常のスキルや魔法の『探知』よりも遥かに精度が高く、その領域に入ったものをほぼ見逃すことはないらしい。『危険度B』というのはこの部隊での戦闘判断のようで、明確な基準を教えられていないが、ここに来るまでに戦ったモンスターは全て危険度C以下だったので、今回の敵はそこそこ強いということなんだろう。

「どれ、吾輩《わがはい》が確認してやるぞい。……ふむ、前方右奥にいるようじゃな」

『天狼七部衆』の最年長五十五歳のロクベエさんが、右手に持つ二十センチほどの筒を右目に当てて、敵の姿を確認した。この筒は『遠視鏡《えんしきょう》』という忍び道具で、二枚のガラスを用いた効果によって『遠視眼《えんしがん》』スキルよりも遠方を見ることができるらしい。

ロクベエさんはレベル96と七部衆の中では一番戦闘力が低いが、『開発者《アイテムメイカー》』というこれまたAランクの特殊《ユニーク》ギフトを持っていて、部隊で使う忍び道具を製作しているとのこと。

道具には戦闘用のものもあり、みんなの補助をする縁の下の力持ちといった存在だ。

「……見つけた、アレか。では拙者《せっしゃ》が始末しよう」

そう答えたのはマンジで、彼の年齢は三十二歳、レベルは115。持っているギフトは弓術系Sランクの『弓王《きゅうおう》』で、部隊の狙撃役を担っている。

狙撃専門なだけに視力も良く、マンジは右奥の茂みをじっと見つめたあと、素早く矢を三連射した。

シュパパパッ！

グギイイッと短い呻《うめ》き声が三つしたあと、バサバサと倒れ込む音が聞こえてくる。

どうやら仕留めたようで、全員で近付いてみると、そこには体長二メートルほどのアサシンエイプの死体が三つ、綺麗に頭を射抜かれて転がっていた。

これは森の暗殺者と言われていて、Aランク冒険者ですら不覚《ふかく》を取ることもあるくらいの強敵だが、それをこんなにあっさり退治するとは……

このクラスの敵を『危険度Ｂ』と低めに判断するのも、自分たちの自信の表れだろう。最強忍者衆と言われるだけはある。

「先を急ぐぞ」

サクヤの号令で、オレたち八人は移動を再開する。

しばらく進むと、またテッサイが部隊を制止して声を上げた。

「いるぞ。また危険度Ｂってところだな」

全員で気配のある方向を窺《うかが》うが、どうやら相手は岩陰に潜んでいるらしく、目視では見つけることができなかった。

マンジが一瞬弓を構えるが、狙撃は無理と諦めて矢を元に戻す。

「ワシが行ってこよう」

ゲンアンが任せておけと言わんばかりに、小刀を抜いて低い姿勢になる。

ゲンアンは四十歳でレベルは１１６。そして持っているギフトは、ヒミカさんと同じＳランクの『影忍《かげにん》』。

ただし、彼の能力は『隠密』に特化していて、そのスキルレベルは（極《ごく》）まで成長していた。

つまり、暗殺のスペシャリストというわけである。

危険度B程度なら一人でも問題ないらしく、スキルを発動して気配を消したゲンアンはスルスルと敵に近付いていく。

しばしの後、ゲンアンから合図が上がった。無事仕留めたようだ。

行ってみると、体長五メートル近くあるスロータータイガーが、首から血を流して絶命していた。

どうやら睡眠中だったらしく、ほとんど抵抗する間もなく首を深々と切り裂かれている。

寝ていただけなのにこんな目に遭うなんて、コイツも災難だったな。まあほぼ即死なので、あまり苦しまずに逝《い》けたのがせめてもの救いだったというところか。

しかし、気配に敏感で耳もいいスロータータイガー相手に、こうも簡単に忍び寄れるなんて、ゲンアンの暗殺力は凄まじいな。

またしばらく移動したところで、第一の目的地に到着した。

☆

「この辺りにはカリディアの木が多く生えてる。まずここで光る実を探すぞ！」

そこは傾斜がゆるく、平地のようになっている場所で、周辺一帯にはカリディアの木がたくさん自生していた。『スマホ』のマップ機能では、その地に存在する植物の種類などは載ってないので、案内してもらえて本当に助かる。

サクヤの指示によって、オレたち八人はそれぞれ散って光る実を探し始めた。

これほどカリディアの木があれば、見つかる可能性も高いだろう。

カリディアの実は三センチくらいの球体だが、緑の葉が生い茂っていて少し見えづらい。そのため、木に近寄って真下から見上げて探すのだが、木の葉の影で暗くなっているので光っていればすぐに分かるはず。

カリディアの木であることを確認しながら、オレは一つ一つ見て回っていく。

ほかの七部衆たちも同じように探しているが、中でも凄いのは小柄なコジロウだ。

彼はレベル１０８で、『韋駄天《いだてん》』というAランクの特殊《ユニーク》ギフトを持っているのだが、その能力は素早さに特化していて、とにかく行動が速い。

素の移動速度が速いのは当然だが、『縮地《しゅくち》』スキルも高性能なうえ、回避力も非常に高い。探しものをするのも得意らしく、オイラに任せろと一番張り切って走りまくっている。

二十五歳の彼はサクヤを除くと一番若く、そしてひょうきんな性格をしており、七部衆のムードメーカー的存在なようだ。

しばらく探しているうちに、オレたちは自然と散り散《ちぢ》りになった。

お互いが結構離れてしまったが、この手の任務は七部衆たちもお手のものらしく、誰も心配などしてない感じだ。オレも彼らの実力を信じているので、余計なことを考えずにひたすら光る実を探し続ける。

とそのとき、誰かが合図の煙を上げた。

無事見つけたということか⁉　オレは急いでその場に駆けつける。

「へへっ、やっぱりオイラが一番早かったな！」

するとそこには、光る実を持ったコジロウが満面の笑みで立っていた。

七部衆の面々も続々とやってきて、すぐに全員が集《つど》った。

「よくやったコジロウ。相変わらず目ざといな」

「さすがコジロウ、おぬしには敵わぬ」

「またオイラの勝ちってことで！」

七部衆たちで見つける競争をしていたのか、サクヤやマンジに対してコジロウは勝ち誇っている。

探し始めてから二時間程度、こんなに順調に見つかるなんて七部衆は頼りになるぜ。この調子なら、幻の『クラティオ苔』もなんとかなりそうな気がしてきたぞ。

「むっ、また敵だ！　今度は少し手強い……危険度Aくらいはあるぞ！」

とそこで、またテッサイが敵の気配を感知した。

かくいうオレも、実は同じタイミングで気付いているが。

七部衆みんなのギフトやスキルは、すでにコピーして取得済みだからな。よって、オレも『領域監視《テリトリーサーチ》』が使えるため、感知力はテッサイと同等以上となっている。

そのほか、これまで倒したモンスターについても全て『スマホ』で撮ってあるので、新しいモンスタースキルも結構取得済みだ。

「ぬっ、全員散れっ！」

サクヤが指示した直後、巨大な黒いモンスターが猛スピードでオレたちに突進してきた。

巨体に似合わぬ俊敏さで、木々を蹴散らしながら突進してきたのは、頭から尻尾までの体長十メートル、体高は四メートル近くある四足獣棘甲冑巨獣《ディノ・スパイクアーマー》だった。

一見、巨大な亀のようにも見えるが、その硬質な背中には鋭く隆起した棘《とげ》のようなものがいくつも存在し、そして亀とは違って動きは非常に素早い。手足の爪も鋭く、それで獲物を引き裂いたりもする。

ドラゴンほどの強さはないが、通常はSランクチームが討伐を請け負うような強敵だ。

「なるほど、こりゃあ大物だ。拙者の矢が通じるか？」

マンジが素早く矢を連射するが、それは硬い皮膚に全て退けられた。

この手応えを見たところ、通常の物理攻撃はそう簡単には通じそうもない。それを悟ってか、ゲンアンやコジロウ、テッサイが棘甲冑巨獣《ディノ・スパイクアーマー》から距離を取る。

「吾輩に任せろ！　コレを喰らうがいい！」

ロクベエさんが道具袋から何かを取り出し、棘甲冑巨獣《ディノ・スパイクアーマー》に向かって投げつけた。

それが硬い体表に当たった直後、轟音《ごうおん》を上げて爆発した。

忍者の使う『火薬玉《かやくだま》』というヤツか。ただ、オレの知っているものよりも、遥かに威力は強力に見える。恐らく、ロクベエさん特製のものなんだろう。

これならばと思ったが、当の棘甲冑巨獣《ディノ・スパイクアーマー》には効いた様子がないどころか、怒りでさらに激しく暴れだした。

そしてその体を丸め、巨大な鉄球みたいな姿になってゴロゴロ転がってきた。

七部衆とはいえ、あんな大棘《スパイク》に轢《ひ》かれたらひとたまりもないぞ。

「ぐふふ、俺様の出番だな」

七部衆の中で一番の巨体――身長二メートル、体重は百五十キロくらいありそうなカブトマルが、棘甲冑巨獣《ディノ・スパイクアーマー》が転がってくる正面に立って両手を前に突き出す。

そしてそのまま棘甲冑巨獣《ディノ・スパイクアーマー》を受け止めてしまった。

(おいおい、スゲーな！　あれ多分二十トンくらいあるぞ!?)

現在三十一歳というカブトマルのレベルは120で、持っているギフトはSランクの『狂王《きょうおう》』。

これは『狂戦士《きょうせんし》』という少し珍しいギフト（特殊《ユニーク》ほど希少ではない）の上位版で、発動すると凄まじい怪力となり、そしてケタ違いの強靭な体に変化する。

欠点としては、思考が驚くほど単純になってしまうこと。そして自分でも制御が利かないくらいに暴れてしまう。

よって細かい作戦などを実行するには不向きだが、無類の怪力タンクとして活躍が可能だ。彼は普段武器として鎖鎌《くさりがま》を愛用しているようで、この七部衆でもナンバー2の強さを誇っている。

「でかしたカブトマル！　あとはあーしが片付ける！」

叫びながら前に出たのは、七部衆最強のサクヤだ。彼女は少女のような見た目とその強さから、『鬼姫《おにひめ》』という異名までつけられているらしい。

サクヤは動きの止まった棘甲冑巨獣《ディノ・スパイクアーマー》に飛びかかり、空中で『闘力鬼』のギフトを発動した。

するとその両手に着けている鉄甲が発光し、蒼く輝き始める。闘気を拳《こぶし》に宿したからだ。

「『爆砕輝掌連撃《ばくさいきしょうれんげき》』ーっ！」

サクヤが凄まじい速度で、巨大な球体に拳を数十発打ちつけると、その硬質な黒い表面にメシメシとヒビが入った。

小柄な体からは想像もつかない、とんでもない攻撃力《パワー》だ。

ヒビは見る見るうちに全体に広がり、少し遅れてそこから血が噴き出す。そして黒色の球体がぐらりと揺れ、カブトマルの腕から離れると、丸めていた体を元に戻して地にひっくり返った。

無事棘甲冑巨獣《ディノ・スパイクアーマー》を倒したようだ。

さすが最強の忍者軍団、これほどのモンスターでも相手じゃないらしい。

ちなみに、オレが持つ第一階級魔法『偉大なる天の裁き《グレート・ジャッジメント》』を使えば一撃で倒せたと思うが、ここは七部衆たちに任せてしまった。

みんなの力を見ておきたかったしな。これほど強ければ、この先も信頼して行動できそうだ。

「どうだリューク、あーしらだけで問題ないだろ？」

「ああ、頼もしいよ。でも、オレも手伝わせてくれ」

「けっ、まあ今さら帰れとも言えねーしな。仕方ねーから一緒に連れていってやるが、あーしたちの邪魔だけはするなよ」

「了解」

オレは事を荒立てないように、おとなしく返事をする。

一抹《いちまつ》の不安はあるが、幸先《さいさき》良く『光るカリディアの実』も手に入ったし、『クラティオ苔』も絶対に手に入れてやるぞ！

2. 探索開始

アルマカイン王都を出発して三日目、オレたちはさらに山奥へ向かって移動していた。

ここまで来ると棲息《せいそく》しているモンスターも凶悪なヤツばかりになり、並《な》みの冒険者では近付くことすら不可能な場所だ。さすがの七部衆でもバラバラになっては危険で、お互い離れないよう注意しながら進み続ける。

「おいリューク、お前があのラスティオンを捕らえたってのは本当か？」

そろそろ目的地に着く頃じゃないかと考えていたところ、すぐ前を歩いていたコジロウが振り返りながらオレに話しかけてきた。

「あ、ああ、オレがヤツを捕《つか》まえたが、それがどうかしたか？」

考え事をしている最中にいきなり問われたので、コジロウの質問の意図がよく分からず、逆に聞き返してしまった。

そんなことを聞いて、いったい何が知りたいんだ？

「マジか⁉　やっぱヒミカが言ってたのは本当だったのか！　スゲーな、あのラスティオンをどんな罠にはめて捕まえたんだよ？」

「えっ⁉　いや、罠っていうか、別に普通に……」

「けっ、あーしだって、不意打ち喰らわせればラスティオンくらい捕まえられるさ」

オレが答えようとしたところ、サクヤが吐き捨てるように言葉を被せてきた。

まるで張り合っているような口ぶりだが、これはどういうつもりなんだろう？

「サクヤよ、そうは言うが、あのラスティオンの隙《すき》を突くのは並大抵のことではできんぞ」

「その通りだ。ヤツは世界でも三本の指に入るかってレベルの魔導士だからな。意表を突いて襲ったところで、多分サクヤじゃ勝てねえって」

サクヤの言葉に、ゲンアンとテッサイがすかさずツッコミを入れる。

それを聞いて、サクヤは怒りで顔を紅潮《こうちょう》させながら反論した。

「なんだとぉーっ！　お前ら、あーしの力をなめてるのか⁉」

「まあサクヤ、落ち着け。仮定の話でそんなに熱くならんでもええじゃろ」

ロクベエさんに宥《なだ》められて、サクヤはむすっとしながら口を閉じる。納得はいってないようだが、こんな口論なんて意味がないことに気付いたらしい。

そもそも不意打ちしたら勝てるとか、自慢でもなんでもないしな。

「なに、おぬしがラスティオンを捕らえたのだとヒミカ殿から聞かされ、我らは半信半疑だったのだ。それゆえ、ついコジロウも確かめたくなったのだろう」

マンジが今の流れを説明してくれる。

なるほど、疑ってたってことか。オレの言葉を聞いてもまだ信じられないようで、みんなの視線は訝《いぶか》しむような感じだ。

もしかして、オレって胡散臭《うさんくさ》いヤツと思われてる？

「オレがラスティオンを捕らえたのがそんなに不思議かな？」

イマイチ納得いってない七部衆に向かって、今度はオレから聞いてみた。

「不思議かだと!?　俺様たちをバカにしてるのか？　どうすればあのラスティオンを生け捕りにできるか、興味が出るのは当然であろう！」

オレが何事もないかのように答えたのが気に障ったのか、少し怒り混じりでカブトマルが言葉を発した。

そうは言われても、オレの能力をどこまで話していいものやら……

言葉を濁しながら説明するしかないか。

「どうすればって、一応普通に戦って……」

「ありゃあ化け物だからな。オイラたち七部衆全員でかかっても、アイツを生け捕りにするなんてまず不可能だ。ゾンダール将軍ですら簡単にはできないだろう」

「えっ、そ、そうなのか⁉」

ラスティオンの評価が思っていたよりも高いので、オレは思わず言おうとした言葉を呑み込んだ。

生け捕りってそんなに凄いことだったのか？

「お前、このアルマカインに住んでてラスティオンを知らないわけじゃないだろ？　ヤツの使う魔法は低ランクでも致命傷級の威力を持っている。それを高速詠唱で即座に撃てるうえ、魔法による強化で身体能力もケタ外れだ」

「うむ、暗殺するならともかく、正面から戦ってラスティオンに勝てるヤツが世界にどれほどいるか。我ら七人がかりでも勝つことは難しい。件《くだん》の戦争でも、その活躍はゾンダール将軍以上で、数千の敵兵をただ一人で封じた英雄だからな」

世情に疎《うと》いオレを見て、テッサイとマンジが呆れたように説明をしてくれる。

そっか……オレはゲスニクの屋敷で奴隷同然の生活をしていたから戦争にも詳しくなかったけど、それほど凄いヤツだったのか。それだけに、アイツがあんなことをしでかしたのを残念に思う。

考えてみれば、属性魔法が効かないオレとは戦闘の相性が良かっただけだ。

まともならオレの勝てる相手じゃなかったんだな。

こりゃあんまり余計なことは言わないほうが良さそうだ。ウソつきと思われたら困るし。

「そんなわけで、お前がどんな手を使ってラスティオンを捕まえたのか知りたかったのさ。是非教えてくれよ」

「ああそれは、仲間たちと共謀して騙したんだよ。王女様も協力してくれたしな。それが上手くいって、魔法を使わせる暇もなく捕まえることができたんだ」

「はぁ～なんだ、やっぱりそんなところだと思ったぜ」

真実を伏せて説明したところ、コジロウはさも納得したと言わんばかりにため息をついた。

ほかの七部衆たちも腑《ふ》に落ちたようで、この話にはもう興味ないといった表情になる。

「要するにお前は策士家ってヤツなんだな？　姉貴にも気に入られてるし、よほど口が上手いんだろ。だが、ラスティオンの陰謀を防いだことについては誉めてやるぜ。王女様を襲うだなんて、まったく大それたことを考えやがって……」

サクヤも納得いった様子だが、それよりどうもラスティオンに対してムキになっているように感じる。何かあったのか？

「サクヤは相変わらずラスティオンが気に食わないようだな。ヤツもこの世を去ってしまったし、そう突っかかることもないだろう」

「ふん、アイツめ勝手に死にやがって。アイツにはあーしが引導を渡してやりたかったのに！」

テッサイの言葉にサクヤは怒りを隠さずに答える。

「ちょっと聞きたいんだが、何故そんなにラスティオンを憎んでるんだ？　確かに今回の謀反は許されないことだが、英雄だったたんだろ？」

オレは疑問をサクヤに聞いてみた。

「別に理由なんてねえよ。あーしは昔からアイツのことが信用できなかっただけ。きっと何かやらかすと思ってた。そのことは姉貴にも忠告してたさ」

「オイラは気にしすぎだと思ってたけど、結局サクヤが正しかったたってことか。サクヤは人を見る目があるかもな」

「ま、アイツの顔がいけすかねえってだけだったたんだが、いつか本性を暴いてやろうとは思ってた。今回のことが起こる前に、なんとかしておくべきだったたと反省してる」

なるほどな。女の勘ってヤツなのかもな。

危険な存在なのに、英雄という立場にいたのが気にかかっていたんだろう。

アイツの本性を見透かしていたんだから大したもんだ。

「さて、ようやく着いたぞ。文献に書いてあった場所はこの辺りのはずだ」

話を終えたところで、オレたちは目的地に到着した。

「文献が正しいなら、この辺りの洞窟に『クラティオ苔』はある」

サクヤの言葉にほかの七部衆たちが頷く。

オレも『スマホ』のマップ機能で位置を確認してみるが、文献通りの場所なのかはちょっと分からない。文献には地図は載ってなかったからな。

土地勘がないと、文章を読んだだけではすんなりここまで来られなかっただろう。

やはり七部衆たちに案内してもらって良かった。

「さて、来たのはいいが、対象となる洞窟はここいらには山ほどある。探し当てるのは少々骨が折れそうだな」

「なぁに、『クラティオ苔』とやらが生えているのが一ヵ所だけとは限らん。案外そこら中の穴に生えていて、あっさり見つかるかもしれんぞ」

マンジが不安を漏らすと、それを払拭するようにゲンアンが楽観的な意見を述べた。

確かに、『クラティオ苔』は非常に希少な素材であるが、それはここまで来られる者がほとんどいないから、発見されることがあまりないとも言える。

つまり、現地に到着さえできれば、発見は容易な可能性も充分ある。

まああくまでオレの希望的な考えではあるが。

「あとは気になるのは、人間では勝てないっつう『闇の死神』ってヤツだな。もしも『クラティオ苔』とそいつがセットになってるようなら、かなり面倒かも」

コジロウがもう一つの不安点を述べるが……

「けっ、百年前の死神なんてもう時代遅れさ。戦闘技術や忍術の進んだ今なら、あーしたちの敵じゃない。死神でも竜でもなんでも来やがれ！」

と、サクヤは特に問題ないと考えている様子。

それは楽観しすぎだとは思うが、何も知らない状態で襲われるならともかく、その存在に注意していれば、仮に遭遇しても逃げることくらいはできそうな気はする。

そもそも『闇の死神』は死んでいる可能性もあるので、必要以上に危険視するのも問題かもしれない。

何はともあれ、オレたちは洞窟の探索を始めることにした。

☆

オレたち八人は、道幅三メートルほどの洞窟の中を進んでいく。

洞窟のサイズとしては通常で、これより大きなものもあれば、それこそ小さな洞穴《ほらあな》ならあちこちに多数存在している。

まず手始めにこの洞窟を選んだのは、『クラティオ苔』は入り口周辺で見つかることはなく、かなり奥のほう――最低でも三百メートル以上の深さに生えているらしいからだ。

小さな洞穴では奥行きが浅い可能性が高いので、それなりの深さがありそうなものから手をつけたわけである。
洞窟はダンジョンとは違うのでモンスターが棲息していることは少ないが、根城《ねじろ》にしていること
もあるので安心はできない。注意を怠《おこた》らずに、オレたちは奥へと進み続ける。
だが、かなり奥まで進んでも、『クラティオ苔』らしきものは見当たらない。『クラティオ苔』
は通常の苔とは違って赤茶けた錆《さび》色っぽい見た目らしいので、あればすぐ目につくはずなんだが、
まったく見かけない状態だ。
やがて最奥まで到達し、行き止まりとなってしまった。
「ちっ、ここにはなかったか。雰囲気だけはドンピシャだったのにな」
「まあまだ一発目じゃ。幻の苔だけに、そう易々《やすやす》とは見つからんじゃろう」
サクヤのぼやきに対し、ロクベエさんがフォローを入れる。
かくいうオレも、ここで見つかるんじゃないかと淡い期待をしていたが、さすがにそこまで順調
にはいかないらしい。
ただ、特に根拠があるわけじゃないが、なんとなくすぐに見つかるような気がした。
……のだが、やはりその考えは甘かった。
二カ所目、三カ所目、四カ所目と、手当たり次第洞窟を探索するが、それらしい苔はまったく見
つけることができない。
そんな簡単じゃなかったか……幻と言われる理由に納得し、オレは気を引きしめる。

みんなで散って手分けすれば効率も上がるが、この危険な場所でそれは無謀だ。今のところ洞窟内で手強いモンスターと遭遇はしてないが、慢心せずに全員で行動したほうがいいだろう。

ちなみに、ダンジョンには苔などの植物は生えないので、仮に未発見のダンジョンを見つけてもその中を探す必要はない。ダンジョン攻略となったらさらに難易度が上がるので、洞窟だけ調べればいいのは助かるところだ。

とはいえ、洞窟内にもダンジョンにひけを取らない危険なヤツは存在する。

まさにそんな雰囲気が漂う洞窟を見つけてしまったオレたち。

「サクヤ、この洞窟はどうする？　わいの探知には引っかかってないが、奥にとんでもないのがいる可能性があるぞ」

高さ二十メートル、横幅は十五メートル以上ある巨大な入り口を覗きながら、テッサイがサクヤに問いかける。

「……探ってみたいところだが、ちょっと後回しだな。中に確実に何かいる」

サクヤが少し考えてから意見を述べた。

イケイケのサクヤが慎重になるくらいだから、安易に入るのは相当危険なんだろう。オレの『領域監視《テリトリーサーチ》』でもまるで気配を探知できないが、確かにこの巨大洞窟からは何かが生活している雰囲気を感じる。

恐らく、相当深いところに潜んでいるので、探知にも引っかからないのだと思われる。

ある程度奥に入れば、『スマホ』の能力で探ることも可能なんだが……

「面倒な場所を探索するのは最後の手段だ。まずはほかを優先するぞ」

サクヤの指示でオレたちは場所を移動した。

『クラティオ苔』が大きな洞窟に生えやすいというなら探る価値はあるが、あいにくそんな性質などはない。

文献にも、洞窟の大きさについては書かれていなかった。もし『クラティオ苔』を発見したという洞窟がこのサイズなら、目印として書いて然《しか》るべきなのに。

よって、あえて危険な洞窟にチャレンジする理由はないだろう。

勝ち気なサクヤではあるが、このあたりは冷静だ。

オレたちは一つ一つしらみ潰しに洞窟を探索していくが、『クラティオ苔』を発見するには至らない。これだけ洞窟があればすぐに見つかると思っていたが、ちょっと自信がなくなってきた。

一応、この辺りの洞窟はそれほど深くないから、多少通路の状態が悪くても二～三十分程度で奥まで行けるのが幸いだ。

テッサイの探知のおかげで、安全を確認しながら素早く進める点も大きい。

「サクヤ、今日はもう終わりにしよう」

マンジの提案に、サクヤが無言で頷く。その表情はちょっと悔しがっているようにも見える。

結局、日が暮れるまで探したが、『クラティオ苔』を見つけることはできなかった。

今日の探索は終了にして、オレたちは野営の準備をする。

湧き水が出ている場所がちょうど開《ひら》けていたので、そこにテントを張ることにした。山に棲む通常の動物が水を飲みに来ているようだし、周辺にはモンスターも少ないと思われる。

もちろん、注意は怠らないが。

「リューク、お前の料理は本当に美味いな。コレで姉貴の胃袋を掴んだんじゃないのか？」

サクヤは満面の笑みを浮かべながら、オレが作った夕飯にかぶりつく。

さっきまで少々落ち込んでたようだが、どうやら機嫌も直ったらしい。

王都を出発した初日は、みんなそれぞれが持ってきた携帯食を食べていたんだが、昨夜オレが調理したものを出したところ、七部衆全員が喜んでくれた。

特にサクヤは気に入ったようで、今やすっかりオレの料理の虜《とりこ》だ。

そのおかげもあってか、食事中オレたちはとりとめのない話で盛り上がった。

最初こそ、七部衆たちには厳しい態度を取られてしまったが、彼らは別にオレをのけ者にしようとしていたわけじゃない。任務を完遂するためには、オレに気を遣っているヒマなんてなかっただけだろう。

だが、ここまで一緒に行動してきたことで、彼らもオレのことを信頼してくれたようだ。

「ぷはー食った食った！　疲れも吹き飛んだし、明日こそ『クラティオ苔』を見つけてやる！」

サクヤが満足そうに腹を抱えてひっくり返る。

そして食事を終えたオレたちは、テントに入り就寝した。

☆

深夜、オレがテントで寝ていると、入り口をごそごそと探る音が聞こえてきた。

コレはオレが一人で使っているテントだ。七部衆たちは女性のサクヤだけ一人用のテントを使い、ほかの男六人は大きめのテントで一緒に寝ているから、ここに用はないはず。

一瞬モンスターを疑ったが、特に危険な存在は探知してない。

とすれば、この辺の動物が食い物の匂いにつられてやってきたってところか？

(ん？　……なんだ？)

無理やり起こされて眠い中、『暗視』スキルを発動してしばらく観察していると、入り口を開けて入ってきたのは……サクヤだった！

(な、なんだ!?　どうしてサクヤがオレのテントに!?)

このシチュエーションが少々トラウマになっているオレは、声も出せずに様子を窺い続ける。よく見るとサクヤは服を着ておらず、薄い布……少し大きめのタオルを体に巻いただけの姿だった。

な、なんだコレ!?　どういうことだ!?

そしてサクヤはタオルを取っ払い、髪を拭くようにしてから声を上げた。

「あ～サッパリしたぜ！」

オレの目の前でいきなり素っ裸になったサクヤ。

直後、寝袋に入ったまま固まっているオレに気付いて、お互いに目が合う。

「おまっ…………な、なんであーしのテントにお前がいる？」

サクヤは驚愕の表情を浮かべたあと、一度気持ちを落ち着けるためか静かに息を呑み、状況を確かめるようにオレを問いただしてきた。

サクヤのテント？　なんだ、サクヤは何を言ってるんだ？

「えっ？　ええっ!?　ち、ちがっ、ここはオレの……」

「まさかお前っ、このあーしに夜這《よば》いをかけやがったのかあっ!?」

ちょおおおおおおっ!?　な、なんでそうなる!?

サクヤはオレが勝手にテントに入ってきたと思っているようで、怒りで顔を真っ赤に染めている。

「おおお落ち着けサクヤ、お前は勘違いしている！　ここはお前のテントじゃない！　っていうか、裸を隠せ！」

「こんのおおおおお痴漢野郎めっ！　ぶっ、ぶっ、ぶっ殺してやる！」

サクヤの怒りは相当なものらしく、『闘力鬼』の能力を発動してオレに殴りかかってきた。

ま、待て、それは本当に死ぬぞ！

オレは寝袋を破って脱出し、間一髪でサクヤの攻撃を躱《かわ》す。

「避《よ》けんじゃねえっ！　おとなしく成敗されろ！」

「頼むから落ち着けって！　そんで、まずは裸を隠せ！」

オレは必死に宥《なだ》めるが、サクヤにオレの声は届いていないようで、二撃目のパンチを振りかぶっている。

そのとき、騒ぎに気付いた七部衆たちが、オレのテントを覗き込んだ。

「こんな夜中にいったい何ごと……サ、サクヤ⁉　その格好は……⁉」

「はっ、お前たちっ！」

マンジの声でサクヤは正気を取り戻し、慌ててタオルを体に巻き付ける。

サクヤは七部衆たちに背を向けていた状態だったが、恐らくこんな姿を見られたのは初めてだったらしく、今度は怒りではなくて恥じらいで顔を真っ赤に染め上げた。

「お前ら、あーしを見るな！　テントから離れろーっ！」

次々にテントの中を覗き込んでくる七部衆たちに対し、サクヤは怒鳴り声で命令する。

「あーしの、あーしの服はどこだ……？」

七部衆を追い出したあと、サクヤはあたふたとテント内を探り始めた。

着替えるための服を探していることに気付いたので、オレは自分のシャツをサクヤに手渡した。

一瞬混乱したような表情をしたサクヤだったが、とにかく肌を隠さなくてはならないと、急いでシャツを羽織る。

そして少し冷静に戻ってから、改めてオレに怒りをぶつけた。

「リューク、お前こんなことして、どうなるか分かってんだろうな!?」

「サクヤこそ、いい加減ここが自分のテントじゃないことに気付いてくれ！」

「何バカなこと言って……えっ、あーしのテントじゃない!?」

サクヤはテント内を見回したあと、ようやく勘違いに気付いたようで、呆然とした表情になった。

「おいサクヤ、リュークのテントでいったい何が起こってるのか、オイラたちに説明してくれよ！」

「リュークのテント……!?　ここが？」

外から聞こえるコジロウの声で、サクヤはさらに状況を理解した。オレの思考も落ち着いてきたところで、なんでこんな勘違いが起こったのか、なんとなくオレも分かってきた。

「サクヤ、もしかして水浴びしてたのか？」

「あ、ああ、ちょっとスッキリしたくて、湧き水を浴びてきたところだが……」

やはり！　水浴びしたあと、サクヤは自分のテントに戻ろうとして、うっかりオレのテントに入ってしまったんだ。

いつも七部衆で任務をこなすときは、一人用のテントを使っているのはサクヤだけだった。

だから間違えるようなことはなかったが、今回はオレも一人用のテントを使っていた。

サクヤは特に注意することなく、ほとんど無意識に一人用のテントに入ったんだろう。すると、そこにオレがいたということだったんだ。

「そ、そうか！　あーしとしたことが、こんなバカなミスするなんて……！」

そのことにサクヤも気付いたようで、目を見開いて動揺している。

「分かってくれたか。言った通り、オレは夜這いなんてしてないだろ？」

オレはやさしく諭《さと》すようにサクヤに話しかけたが……

「…………っ！」

サクヤは唇をギュッと噛み締めてオレを睨む。

なんとなく涙目になっているようにも見える。まあ豪快に裸を見せちゃったわけだからな。

自分の不注意だからオレを責めるわけにもいかないだろうし、怒りのやり場がないんだろう。

いやその、オレとしてはどう反応していいものか悩むが、とりあえずとても綺麗な映像が目に焼きついてしまった。

サクヤ……すまん。

「おい、いい加減わいらにも説明してもらいたいものだな」

テッサイの言葉でまたサクヤは我に返り、オレのテントをすごすごと出ていった。

そして自分のテントで着替えてきたあと、今回のことについて七部衆たちに説明をした。

だいたいオレの予想通りで、綺麗な湧き水を見たサクヤは久々に水浴びをしたくなり、夜中にこっそりテントを抜け出したとのこと。そしてサッと汚れを落として戻ってきたところで、つい自分のテントと間違えてオレのテントに入ってしまった。

そこにオレがいたので、夜這いと勘違いしたサクヤが大暴れするに至ったわけである。

「あーしが全部悪い。リューク、お前ら、夜中に騒いで済まなかったな」

サクヤは口を尖らせながら、ぶつぶつと小さな声で謝罪した。

かなりショックを受けているだろうに、ちゃんと謝るところは偉いな。

「ちょっと待て、騒動については理解したけど、納得できないことがあるぞ。リューク、お前サクヤの素っ裸を見やがったのか⁉」

コジロウが押し殺したような声でオレに聞いてきた。

「あ、ああ、まあ見ちまったと言えば見ちまったけど、でも不可抗力だぜ？」

「そんなことはどうでもいい！　お前見たのか⁉　サクヤのおっぱい見たのかあああっ！」

おっぱいどころか全身バッチリ見てしまったが、言うとヤバそうなのでオレは口をつぐむ。

とりあえず何も答えずに空気を窺っていると、どんどん七部衆たちの雰囲気が悪化していくのを感じた。

こ、これ、どうすればいいんだ⁉

「お、お前、サクヤの……」

「くっ、俺様でさえ見たことがないというに！」

「ワシが娘のように大切にしてきたサクヤを……」

「ぐぬうっ、許せん！」

テッサイ、カブトマル、ゲンアンに、あの冷静なマンジまでみんな怒りを露《あら》わにしている。

ロクベエさんだけは、微笑ましそうにうんうんと頷いているけど、多分そんな状況じゃないですよ？

「今回のことはあーしのミスだ。この話はもういい。お前ら寝るぞ！」

サクヤはむすっと言葉を発したあと、自分のテントに入っていった。それを見届けて、七部衆たちもテントに戻る。

険悪なムードになっちまったけど大丈夫かな？　今後の活動に影響がなければいいが……

オレもテントに戻り、少し不安を抱きながら眠りについた。

3. 襲撃

『クラティオ苔』を探し始めて二日目。オレたちは昨日同様に、手当たり次第洞窟内を見て回る。

今日こそあっさり見つかるのではと期待していたのだが、やはりそんなことはなく、今のところ手応えらしきものさえ感じない。

本当にこの辺りで発見されたんだろうかと、少々疑ってしまうくらいだ。

それともう一つ気になることがある。七部衆のみんなが、オレに対してよそよそしくなってしまったのだ。

　というか、ほとんど無視されているような状態だ。一応、必要最低限の会話だけはかろうじてしてくれるが、全員あまり言葉を出さずに黙々と作業をこなしている感じである。

　ロクベエさんだけは、そんなオレに対して少し気を遣ってくれているけど。

　やっぱり、昨夜のことが原因だろうなあ……せっかく距離が縮まったと思ったのに、こんなことになるとは。

　どうやら男たちにとって、サクヤは特別な存在だったらしい。ところが、そんな大事なサクヤの裸を部外者のオレがいきなり見ちゃったもんだから、男連中としては心中穏やかではないだろう。

　オレも男だからもちろんその気持ちは分かる。でも完全に事故なんだから、そんなに怒らなくても……

　まあこういうことは理屈じゃないからな。ほとぼりが冷めるまでおとなしくしていよう。

☆

「よし、んじゃあまた再開すっぞ」

　昼食後、サクヤの指示で午後の探索を開始した。

　雰囲気は最悪ではあるが、探索自体はけっしてグダグダにはなっていない。いや、黙々と作業している分、むしろ捗っているほどだ。

『クラティオ苔』が見つかればまた空気も変わるだろうし、今は余計なことを考えずやるべきことに集中しよう。

そう思いながら次の洞窟を探しに移動していたところ、オレの『領域監視《テリトリーサーチ》』が不意に強烈な存在を感知した。

なんだこの異常な殺気は!?　ただ事じゃないぞ!?

「みんな止まれ！　ヤバイのが近くにいる！」

同じ『領域監視《テリトリーサーチ》』を持つテッサイも、この存在に気付いてみんなを制止する。

オレたち八人は草木が生い茂る中、足を止めて辺りを慎重に窺う。

「テッサイ、ヤバイというのは危険度S級のモンスターということか？」

「……いや違う。確かに危険度はS級だが、この感じは魔物の類いじゃねえ。恐らく人間だ」

サクヤの質問にテッサイが答える。『領域監視《テリトリーサーチ》』をコピーしてまだ間もないオレでは区別がつかないが、テッサイには経験上この反応がモンスターではないと分かるようだ。

「こんな場所に、ワシら以外の人間がいるだと!?」

ゲンアンが驚きの表情で言葉を発する。

確かに、通常では考えられないことだが、オレには心当たりがある。

もしや、オレを始末しに来たヤツなのでは……？

オレが邪魔な存在だということは王妃たちにアピールしたから、こういう展開になることは当然想定の範囲内だ。だが、本当にここまで追ってくるとは、まったくご苦労なこった。

ま、オレを狙ってくれてありがたいけどな。

「ふむ、恐らく我らの探索を阻止しに来た王妃側の者だろう。ヒミカ殿の懸念《けねん》は的中したようだな」

七部衆たちはヒミカさんから忠告を聞いていたようで、マンジもオレと同じ推測をする。

そして彼らはお互いに顔を見合わせ、表情を引き締めた。

「むっ、何か飛んでくるぞい！」

周囲を『遠視鏡』で窺ってたロクベエさんが、前方を指差して全員に注意を促す。

オレもその方向を見てみると、強烈な回転をしながら空中を飛んでくる物体が目に映った。

(アレは……そう、ブーメランってヤツだ！)

オレは前世の知識を思い出す。V字型に作られた投擲《とうてき》用の刃で、この世界では『飛鋭刃《ひえいじん》』と呼ばれている武器だ。

投げて攻撃するわけだが、扱うには特殊な技術が必要とされる。キスティーもオレが渡した『爆《ばく》牙《が》の円月輪《えんげつりん》』を使っているが、アレなんて比較にならないほどの難しさだ。

その『飛鋭刃』が数個――数えてみると五つ同時に宙を飛んでいた。

……いや違う、遠方からさらに次々と飛来してくる。いったいコレいくつあるんだ!?

それらが大きく広がり、四方からオレたちに襲いかかってきた。

「みんな、避《よ》けろっ！」

サクヤの叫び声に合わせ、全員がその場を飛び退《の》く。

直後、風切り音を上げて、高速回転する刃が通り過ぎた。

そして刃は奥へ戻っていくが、新たな刃が次々に来るため、オレたちはひっきりなしに逃げ回り続ける。

遠距離から、こんな攻撃をしてくるとは……！

「くっ、散れっ！　固まっているとまとめてやられる！」

サクヤの指示で全員バラバラに距離を取った。しかし、『飛鋭刃』は縦横無尽に飛び交いながら、オレたちを翻弄《ほんろう》しまくる。

まさかこれ、敵は一人でこの数の『飛鋭刃』を扱ってるのか!?

オレは『スマホ』を起動し、周囲を探知する。

ちょっと待て！　これは……何かおかしい！

オレの『領域監視《テリトリーサーチ》』では、反応は一つしか探知できない。右斜め前方百メートルほど先にいるヤツだけだ。恐らく、テッサイも同じだろう。

だが『スマホ』で調べてみたところ、敵の反応は二つ。それどころか、ほかにも妙な危険反応がいくつも出ている。

先日、オレのレベルが125を超えたことで、『スマホ』は新しい能力を習得した。

それは、マップ機能に『危険探知』が加わったことだ。

コレは敵の存在を探知する以外にも、例えばトラップなどの装置にも反応する。トラップは『探知』スキルどころか『領域監視《テリトリーサーチ》』でも発見できないので、非常に心強い能力だ。

危険と思われるものはほとんど探知可能らしく、そのうえ探知範囲も『領域監視《テリトリーサーチ》』以上の広さとなっている。

そのほか、立体的な内部構造などもマップに表示されるようになったので、ダンジョンでも迷うことなく進むことができるだろう。

今回の敵は、『領域監視《テリトリーサーチ》』では百メートル先の一人しか探知できないが、オレの『スマホ』ならさらに五十メートル奥にいるもう一人の敵と、そしておかしな反応もキャッチしている。

その『スマホ』が捉えた謎の存在は、百メートル先にいる敵の手前辺りに広がっていた。

そうか！　これは……罠だ！

「敵は右前方にいる一人だけだ！　刃を避《よ》けてなんとかそこまで行くぞ！」

「オイラたちをナメやがって……こんな攻撃でやられるわけねえだろっ！」

テッサイの言葉で、七部衆たちは『飛鋭刃』を躱しながら右奥目がけてジリジリと接近していく。

まずいぞ。この『飛鋭刃』を操っているのは、テッサイが言った前方の敵じゃなくて、さらに奥にいるヤツだ。敵は一人と思わせて、オレたちを罠にはめようとしている。

七部衆たちを止めなければ！

「みんな、ちょっと待て！　一度下がってくれ！」

オレは最後方から叫んだ。

オレの言葉を聞いて、七部衆たちは一瞬足を止めるが……

「何をバカなことを！　このままではジリ貧だ、死にたいのか⁉」

「逃げれば敵の思うつぼだ！　ここで本体を叩かねば、いずれやられるぞ！」

命令の意図が分からなかったようで、ゲンアンとマンジが反論をする。ほかのメンバーたちも困惑しているようだ。

状況的に詳しく説明している時間がないので、オレは簡潔に理由を話す。

「違うんだ！　これは罠だ、前に行っちゃいけない！」

「リューク、余計なことを言うんじゃねえっ！　お前の勝手な指示で部隊を混乱させるな！」

「怖いなら貴様だけ逃げるがいい！」

オレは罠だということを教えるが、サクヤとカブトマルがそれを打ち消すように叫ぶ。

この二人に反対されたら、みんなを止めることなんてできないぞ。どうする⁉

「見つけた！　逃がさねえっ！」

そうしているうちに、七部衆最速のコジロウが前方に潜んでいる敵を発見してしまった。

いや、これはわざと見つかったんだ。

自然な流れでオレたちを油断させる。その思惑に、七部衆たちは完全に陥ってしまっている。コジロウにわざと見つかった敵は、慌てて逃げる素振りを見せた。宙を飛んでいた刃も、いつの間にか消えている。

七部衆たちの敵を追うスピードが勢いを増す。

仕方ない、オレはコジロウからコピーした『韋駄天』の能力を発動し、コジロウを超える速さで敵に接近した。

「ウ……ウソだろ⁉　オイラより速いだとっ⁉」

瞬時に先頭に躍り出たオレは、急いで罠を探す。

『スマホ』で反応があった辺りを注視してみると……

（コ……コイツか！）

そこにあった……いやいたのは、赤黒く発光する十センチほどの生物——十匹ほどの『爆火《ばっか》虫《ちゅう》』だった。

コレは衝撃を与えると激しく爆発する昆虫で、数トン程度の岩なら軽く吹っ飛ばす威力を持っている。

危険な生物ではあるが、昆虫型モンスターではなく通常の昆虫だ。なので、体内に魔石はない。

基本的にスキルや魔法での探知は、人間の魔力やモンスターの魔石を感知して反応するので、通常の動物や昆虫などを探知することはできない。『領域監視《テリトリーサーチ》』でも分からなかったのはそれが理由だ。

ただし、『爆火虫』は鈍《にぶ》く発光しているし、近くに寄れば異様な気配にも気付くだろうから、落ち着いていれば七部衆ほどの者ならこの程度の罠にやられることはないはず。

しかし、今回はあの刃の乱舞で、完全に動揺させられてしまった。

急襲《きゅうしゅう》して罠から注意をそらし、ここに誘い込む作戦だったというわけだ。

そこまで瞬時にオレは悟り、この罠を封じるためモンスタースキルの『石化視線』を発動して『爆火虫』を攻撃する。石化耐性などまるでない『爆火虫』は、一瞬で全匹が石となった。

よし、これでもう大丈夫！

「バ、バカなっ、何故ワシの虫が爆《は》ぜぬ!?　ちいっ」

「逃がさねえって言ってんだろ！」

直後、オレの後ろからコジロウが飛び出し、逃げようとした敵に飛びかかる。

すかさずオレも、『石化視線』で敵の足だけ石にして動きを止めようと思ったが、残念ながら通じなかった。高レベルの相手だと、そう簡単には状態異常が効かないからな。

敵を石化することには失敗したが、『爆火虫』が何も反応しなかったことで狼狽《ろうばい》していた男は、あっさりとコジロウに組み伏せられた。

オレもすぐに駆け寄ったあと、『スマホ』で写真に撮って敵の能力を分析する。

……なるほど、『虫寄せ』というギフトを持っていたのか。

コレはAランクの特殊《ユニーク》ギフトで、昆虫を自在に操る能力があるらしい。『爆火虫』を自由に爆発させることすら可能なようだ。

コイツは『爆火虫』を上手いタイミングで爆発させるため、この場に待機していたのだろう。離れてしまうと、虫の制御が利かなくなるみたいだし。

「よくやったコジロウ！」

後ろからサクヤたちも追いついて合流する。

と、少し気がゆるんでしまったところで、いきなりまた『飛鋭刃』がオレたちに襲いかかってきた。

「なっ、なんでまた刃が……⁉　おわっ……しまった！」

オレたちは慌てて飛び退いたが、敵を取り押さえていたコジロウがつい手を離してしまった瞬間、飛来した刃がその虫使いの胸に突き刺さってしまう。

「ぐふっ！　お、おのれケプラめ……」

虫使い――四十歳ほどの男は、謎の名前を口にして息絶えた。恐らく、もう一人の敵の名と思われる。

コイツは口封じのために殺されたのだろう。仲間なのに容赦ないな。

「ど、どういうことだ？　此奴《こやつ》が『飛鋭刃』を放っていたのではないのか⁉」

「まさか、もう一人いたというのか……？」

マンジとゲンアンは、刃が飛んできた方向を注視しながら呆然と呟く。

敵は一人と思い込んでいたため、七部衆たちも驚きを隠せないようだ。

「そういうことなんだ、だから罠だと言っただろ」

ひとまず危機は去ったと思い、オレは安心しながら話しかけたところ……

「どういうつもりだリューク、何故邪魔をした！」

サクヤが激しい怒りとともにオレを責め立ててきた。

えっ、ちょっとまて、誤解は解けたんじゃないのか⁉

「お前が余計な指示を出したせいで、危うく敵を逃がすところだった。いや、実際に一人には逃げられてしまったし、場合によってはこっちが全滅していた可能性すらあったぞ！」

「待ってくれ、今の罠を防いだのはオレ……」

「罠だと⁉　いったいどこにそんなものがあった⁉」

まだ状況を理解してないサクヤは、オレの言葉を聞き入れずに怒り続けている。

サクヤだけじゃなく、ほかの七部衆たちもオレを怒りの形相《ぎょうそう》で睨んでいる。

「いや、敵が二人いたのが罠の証拠だ。オレはそれに気付いて……」

「そんなの偶然だろ！　わいの探知でも一人しか確認できなかったのに、お前に分かるわけがない」

テッサイが自信ありげにオレの言葉を否定する。

「それは、でも……そうだ、コレを見てく……」

「もういいリューク、お前には失望した」

オレは石化した『爆火虫』を拾って見せようとしたが、それを遮ってサクヤが話を終わらせる。

そしてロクベエさん以外の七部衆たちがオレに背を向けた。

もはや聞く耳を持ってくれない状態だ。オレと七部衆たちは今朝から噛み合わなかったが、決定的に亀裂《きれつ》が入ってしまったらしい。

「リューク、お前がいると指揮系統が乱される。この部隊にお前はいらない。『クラティオ苔』はあーしらだけで探す、お前とはここでお別れだ」

「おいサクヤよ、そこまですることないじゃろ……」

「ロク爺《じい》は黙っててくれ！　さっき入った洞窟は安全だから、リュークはそこで待機していろ。カタがつき次第、お前を迎えに行く」

「そ………分かった」

サクヤはロクベエさんの言葉にも耳を貸さない。どうやら決意は固いようだ。

もう何を言ってもこじれるだけと感じたオレは、この場はサクヤの命令を聞くことにした。

「よし、素直で助かる。もし何かあったら合図であーしらを呼べ」

そう言って、サクヤはオレに煙玉を渡した。

ちょっと想定外になっちまったけど、ひょっとしたらそんなに悪い展開じゃないかもな。二手《ふたて》に分かれて探せば、効率も倍になるし。

現状で七部衆と一緒に行動したら混乱するだけだから、まあこれで良かったのかもしれない。

気になるのはさっき逃げた敵だが、相棒を失ったんだから慎重になるだろう。そもそも敵の狙いはオレだから、別行動のほうが七部衆は安全な可能性が高い。

オレはサクヤたちと別れ、洞窟で待機するふりをしつつ『クラティオ苔』探しを開始した。

4．灼熱《しゃくねつ》の魔神

「またしても見つからずか……」

洞窟の最奥まで来てみたが、ここにも『クラティオ苔』はなかった。

七部衆たちと別れてからいくつもの洞窟を探索したが、まるで成果はなし。オレは落胆しながら洞窟の入り口に戻っていく。

正直、この場所まで来たら簡単に見つかるんじゃないかと軽く考えていた。

それが、今のところ手掛かりらしきものさえ見つかっていない。

確かに幻と言われるだけはある。ホントにここで発見されたのか、文献を疑ってしまうくらいだ。

一定の条件を満たしていれば『クラティオ苔』は生育する——つまり、この辺りにある洞窟は

『クラティオ苔』の生育に適していて、複数の場所に生えていると考えていたが、もしかしてここにある数多《あまた》の洞窟の一つにしか存在しないのか？

果たしてそれを探し出せるのか、さすがに自信がなくなってきた。

ただ、文献が正しいのなら、いずれ絶対に見つかるはず。

あてもなく探すわけじゃないんだ。今は文献を信じるしかないな。

時刻はすでに夕方。そろそろ本日の探索は切り上げる頃合いだが、オレは一ヵ所気になるところがあった。

昨日見つけた巨大な洞窟のことだ。

あのときは優先して探索する必要性を感じなかったので後回しにしたが、ここまで『クラティオ苔』が見つからないとなると、あの洞窟にあるような気がしてきたのだ。

危険だが、探ってみる価値はある。オレは巨大洞窟のもとに向かった。

☆

「うーん、こりゃサクヤの言った通り、確実にスゲーのがいるな……」

オレは洞窟とは思えないような巨大な穴を、奥に向かって慎重に進んでいく。

先日習得した『スマホ』の新機能によって洞窟内のマップも見通せるが、今のところ一本道で、迷うような場所はなかった。

だが、この奥には大物のいる気配がビンビンと漂っている。

まだ『スマホ』の探知には反応が出ていないが、間違いなく強敵だ。まさかと思うが、文献に書かれていた『闇の死神』がいるのか？

もしもそうなら、この洞窟は当たりだ。きっと『クラティオ苔』もここにある。

問題は、『闇の死神』ってヤツの正体だ。

ダンジョンには『死神』と呼ばれるモンスターが何種類か存在する。代表的なのは、最強の不死《アンデッド》と言われる死霊王《しりょうおう》リッチだ。

その中でも上位の存在であるエルダーリッチは、無限と思えるほどの膨大な魔力を持ち、そしてケタ外れに強力な魔法を行使してくる。まさに『死神』と呼ばれるに相応しい怪物だ。

また、巨大な目玉のような外見をしているデスゲイザーは、睨んだだけで相手を殺す『即《そく》死《し》視《し》線《せん》』という能力を持っている。高ランクの冒険者でも出会って数秒で全滅してしまうほどの手強いモンスターで、コイツも『迷宮の死神』が代名詞だ。

ほかにも強敵はいるが、ただ一応それぞれに対応策はある。よって、出会ったら必ず死ぬということはない。

オレが気になっているのはそこだ。

文献には、人間では絶対に勝てないと記されていた。これがどうにも引っかかる。

百年前ではこの強敵たちに勝てなかったという可能性もあるが、しかし手強い敵でもだいたい討伐記録は残っている。

もちろん、エルダーリッチやデスゲイザーの討伐記録もある。多分百年よりもっと昔でも、討伐できていた気がするんだが……

だから、『闇の死神』が『迷宮の死神』のことを指しているのなら、人間では絶対に勝てないってのがよく分からない。

ひょっとして、本物の死神がいるとでもいうのだろうか？

オレは少々薄ら寒いものを感じながら、洞窟内を進み続ける。

「結構深いな……最奥までまだまだ遠いのか？」

ゴツゴツとした険しい道をあちこち曲がりくねりながら三千メートル以上進んできたが、未《いま》だに終わりが見えなかった。

ここまでの道中で『クラティオ苔』も発見できていない。

さすがにこれ以上深いなら諦めようかと考えていたところ、『スマホ』の探知に強烈な反応が出た。そしてもう少し進むと、『領域監視《テリトリーサーチ》』でもその存在を感知することができた。

なるほど、七部衆たちが戦ったあの棘甲冑巨獣《ディノ・スパイクアーマー》なんてまるで問題にならないほどの大物だ！

『領域監視《テリトリーサーチ》』をまだ使いこなせてないオレでは正確に判断できないが、もしかしたらロックジャイアントよりも強敵かもしれない。

どうする？　ホントにオレ一人で戦うか？　オレはしばしの間、思案する。

……ここまで来たんだ、とりあえず相手の正体だけでも確かめたい。

オレは意を決すると、その気配の主に向かってゆっくりと近付いていった。


（……この辺りだな）

慎重に洞窟内を進み続けると、通路が右に急角度で折れ曲がっている場所に出くわした。

気配の主はこの右奥にいる。オレは通路の壁に隠れながら、右奥を覗き込もうとすると……

「どわあああああっ！」

オレの体を叩き潰すかのような一撃――三メートル以上ある巨大戦斧《グレートアックス》がいきなり襲ってきた。

その攻撃の寸前、殺気が一瞬で洞窟内に満ちたのを感じ、とっさにオレはその身を躱した。

敵はオレの接近に気付いていたらしい。オレの『隠密』スキルはすでに（極）までランクが上がっているのだが、この敵には通用しなかったようだ。

それだけでも驚嘆《きょうたん》に値する相手だ。

続く二撃目も躱しながら、オレは通路の奥に飛び込む。そこは五十メートル四方くらいありそうな巨大な部屋――怪物の棲み家だった。

そして、改めてオレを襲ってきた敵を確認する。そいつは、全身赤銅色《しゃくどういろ》で金属質な輝きを放ち、そして背には黒い翼が生えている、体長十メートルほどのトロールだった。

いや、ただのトロールじゃない。確かにトロールは大型のモンスターではあるが、大きくても体長は五～六メートルが限界。

こんなに巨体なヤツは聞いたことがない。翼が生えているのもおかしい。

それに、トロールは体こそでかくて怪力だが、鈍重《どんじゅう》にして愚鈍《ぐどん》だからそれほど怖い存在じゃない。

だが今の攻撃は、オレじゃなければ到底避けられないような鋭い斬撃だった。

いったいコイツは何者だ!?　オレは『スマホ』で撮って分析してみる。

この怪物の正体は……灼熱の魔神トロールデビルだ！

いや、正体が分かっても、こんなヤツなんてオレは知らない。恐らく、アビスウオームのような伝説クラスのモンスターと思われる。

そして、トロールという名はついているが、分類上としては完全に別の生物だろう。動きも巨体からは想像できないほど俊敏だ。

果たして、コイツの討伐記録なんてあるのかどうか？

立て続けに攻撃を躱されたトロールデビルは、少々驚いているようにも見える。

しかし、すぐに正気に戻り、巨大な戦斧《せんぷ》を構え直してオレに飛びかかってきた。

オレは『物理無効』や『身体硬化』を持っているため、この手の攻撃は怖くないと思っていたが、そうではなかった。

トロールデビルの斬撃はあまりに強烈なため、体が半液状化する『物理無効』ではバラバラにされそうだ。かといって、体が金属のように硬くなる『身体硬化』でも、あの巨大戦斧《グレートアックス》には耐えられそうもない。

こういう弱点もあったというわけだ。

とはいえ、オレの回避能力は世界でも最高クラスなので、そう喰らうこともない。

トロールデビルの迫力に少々気圧《けお》されたが、落ち着いて行動すればヤツの攻撃はオレには当たらないから、倒すチャンスはきっと来る。

分析では魔法に対する耐性も非常に高いようだが、不死身ってわけじゃないんだ。オレなら勝てる！

そう考えていたところ、トロールデビルはオレにゆっくり近付きながら、不意に手に持つ巨大戦斧《グレートアックス》を上に掲げた。

すると、戦斧が鈍《にぶ》く光りだした。なんだ？　何をする気だ？

オレは戦斧に警戒しながら、トロールデビルの次の挙動を待つ。

トロールデビルはそのまま巨大戦斧《グレートアックス》を大きく振りかぶって、オレに向かって叩きつけてきた。

確かにこれまで以上に速くて鋭いが、この程度の攻撃じゃオレは……

と、完全に躱したと思ったところ、オレの体が強烈に吹っ飛び、凄まじい勢いで洞窟の壁に叩きつけられた。

とっさにオレは『身体硬化』を発動したため、壁にめり込みはしたものの、なんとか無事だった。

が、謎なのは、何故吹き飛ばされたかだ。

風属性魔法には吹き飛ばす効果のある魔法が存在するが、オレに風属性は効かない。なのに、オレは謎の衝撃波みたいなもので激しく飛ばされた。常人なら即死レベルの攻撃だった。

トロールデビルを分析した限りでは、アイツにはこんな能力なんてなかった。

どうやってこの現象を起こしたんだ？

またトロールデビルが戦斧を振りかぶる。何が起こるのか見極めようと、その動きに注視する。

先ほどと同様、オレは完全に斬撃を躱し、戦斧が空を斬った。

しかし、またしてもオレは激しく吹き飛ばされた。

（ぐあっ、いたたっ！『身体硬化』は体が硬くなるが、ダメージがなくなるわけじゃないからな）

巨大戦斧《グレートアックス》をまともに喰らうよりはマシだが、こんな調子でやられたら、いつかオレの『身体硬化』に限界が来るかもしれない。

オレはトロールデビルから大きく離れ、もう一度今の攻撃を考察する。

……そうか！　トロールデビルの能力じゃなく、あの戦斧が普通の武器じゃないんだ！　恐らく、魔導装備の一種かもしれない。

オレはつい、相手の武器を分析することを怠ってしまった。

『スマホ』で写真に撮り、改めて巨大戦斧《グレートアックス》を分析してみる。

（……伝説の魔導装備『滅潰《めっかい》の魔戦斧《ませんぷ》』だって!?）

それは古《いにしえ》から伝わる幻の武器で、能力を解放すると、『念動爆風《サイコブラスト》』という見えない衝撃波を発生させることができるらしい。

これは属性攻撃じゃないから、オレでも無効化できないのは当然だ。ドラゴンですら、まともに喰らえば叩き潰せるほどの威力で、こんなもんを連発されたら到底敵う相手じゃないぞ。

だが、タネさえ分かっちまえば、オレなら躱すことは可能だ。オレはコジロウからコピーした『韋駄天』の能力と『縮地』スキルを同時に使いながら、戦斧の攻撃を早め早めに躱していく。

よし、ヤツの動きやタイミングも掴めたし、ここからはオレの反撃だ！……と思ったところ………

トロールデビルの全身が眩《まぶ》しく輝いた瞬間、洞窟内の空気が一瞬で超熱波に変化した。

トロールデビルが自身の持つ固有技――『獄炎竜巻波動《ゲヘナ・エクスプロージョン》』を発動したからだ！

ヤツの体が炎の柱となり、渦を巻きながら周囲を数万度に加熱する。

（バッカヤロー、こんな狭いところでとんでもない大技出すんじゃねえっ！）

あまりの高熱で、洞窟内の壁が熔《と》けだす……いや、蒸発さえしている。

七部衆《みんな》がいなくて良かった。普通の人間がとても戦えるような相手じゃない。

だがどんな灼熱だろうと、火属性である炎はオレには効かない。奥の手だったんだろうが、これなら『念動爆風《サイコブラスト》』のほうが面倒だったな。

オレはアイテムボックスから、アビスウオームを倒すときに使った『魔剣・鬼殺し』を取り出す。

コレには受けたダメージを数倍にして返す『カウンター反射』の効果があるが、別にその力を使わなくても単純に剣として強い。

超巨大なアダマンタイトの塊だからな。もちろん、数万度の熱だってどうってことない。

アビスウオームと戦ったときのオレはまだ弱かったが、あれから大きく成長した。

ゾンダール将軍から戦士系最強ギフト『戦神』も取得させてもらった。

今のオレなら、この『鬼殺し』も自由に使いこなせる！

オレは灼熱の炎をものともせず、一気にトロールデビルに駆け寄る。

『獄炎竜巻波動《ゲヘナ・エクスプロージョン》』を発動中は、どうやらトロールデビルは動けないらしい。さっきまでの鋭い動きとは打って変わって、ただその場に立ち尽くしている。

凄まじい技だが、逆にそれがアダとなったな！　まあこの灼熱の中、ここまで近付けるヤツなんてそうはいないだろうが。

トロールデビルの目の前まで接近したオレは、特大の剣を軽々とぶん回し、まず巨大戦斧《グレートアックス》を持つ右腕、返す刀で左腕を斬り落としたあと、最後に無防備となった首をはねた。

とんでもない強敵だったが、決着は一瞬でついた。

無事勝つことができて、オレはホッとするのだった。

トロールデビルを倒したことで、オレのレベルは１４８にまで上がった。ゾンダール将軍のレベル１５７にはまだ届かないが、あのラスティオンのレベル１４２を超えるまでに成長した。

伝説の武器『滅潰の魔戦斧』も手に入れることができたし、あとは『クラティオ苔』だ。

トロールデビルは人間では勝てないと思われても仕方ないので、コイツが『闇の死神』の正体だろう。

オレはようやく目的のものが見つかると思いながら、周囲を探索した。

……が、しかし、『クラティオ苔』らしき存在はいっさい見当たらない。

どういうことだ？　まさか、さっきの炎で蒸発しちまったなんてことは……

焦りながらオレは念入りに調べてみたが、どうも最初からなかったように思える。

百年の間になくなってしまったということなんだろうか？　だとしたら、今までの苦労は完全に無駄骨《むだぼね》だ。

……いや、考えてみれば、この洞窟は文献の情報とは違う。いくらなんでもサイズが大きすぎる。

『闇の死神』という名も、トロールデビルと戦った印象では何か違和感がある。

ここはトロールデビルが塒《ねぐら》にするために自分で作った洞窟だろう。

ということは、まだ『クラティオ苔』が存在する可能性がある。諦めちゃダメだ！

オレは気を取り直して、巨大洞窟をあとにした。

外に出ると、辺りはすでに真っ暗だった。

七部衆たちは今頃どうしているんだろうと、ふと遠くを見渡してみたら……

（アレは……ピンチを知らせる狼煙《のろし》だ！）

遠方で、うっすらと煙が上がっているのを発見した。

ということは、現在七部衆たちが窮地に陥ってるってことか！　いったい何が起こったんだ⁉

オレは急いでその狼煙のもとに向かった。

第三章　激闘！　立ちはだかる強敵たち

１．七部衆vs暗殺者

リュークが狼煙を見つけたときから時間は少し戻る。

ちょっとした行き違いからリュークと別行動となった七部衆たちは、その後も地道な探索を続けていた。だがしかし、リューク同様に『クラティオ苔』を見つけることは叶わず、重い体を引きずるようにどこか集中力が欠けたまま作業をしている。

思い通りの結果が出ないということもあるが、リュークと仲違《なかたが》いしてしまったことも、彼らの足取りを重くする大きな原因であった。

特にサクヤは、何故あそこまで意地になってしまったのか、今となっては自分の感情もよく掴めない状態だ。

裸を見られたということもあるが、そもそもそれ以前——実は出会った当初から、サクヤはリュークのことがどうにも気になっていた。

あの天才魔導士ラスティオンを、リュークが生け捕りにしたと聞いたからだ。

ラスティオンの本性について、サクヤは直感で危険なものを感じていたが、その実力には一目置いていた。

虫が好かないヤツではあるが、アルマカイン王国を救った英雄であることは確かだ。自分の強さに自信のあるサクヤだが、まともに戦っては到底ラスティオンに勝てないことは認めていた。

そのラスティオンを、罠にはめたとはいえ、リュークは生け捕りにしたという。

サクヤは信じられない思いだった。そのせいか、王都を出立してから、ずっとリュークには厳しい態度で接してしまった。

そばにいられると、どうにも負けた気分になる。だから、必要以上に威勢を張ってこの任務にあたったわけだが、先ほどの殺し屋との戦闘は、正直なところ指揮官としてミスをした。

いくらリュークが指揮系統を乱したとはいえ、追放もやりすぎだ。

しかし、どうしてなのか、サクヤはリュークから離れたいと思った。

今のままでは、自信を持って部隊を指揮できそうもない。でも、自分たちだけで『クラティオ苔』を見つけることができたら、また普段の自分に戻れる気がする。

そんな身勝手な思いで、リュークを追放してしまったのだ。

リーダーとしてもちろん失格だ。サクヤは無言で反省する。

そしてほかの七部衆たちも、同じような思いでこの場にいた。

「なあ、ひょっとしてオイラたちが間違ってたんじゃ……？　リュークが言っていたのは本当だったかも。アイツ、いいヤツだぜ」

コジロウがぼそりとサクヤに向かって呟く。

「ふむ……確かにな。わいとしたことが、昨夜のことでちょっと意固地になっちまってた。もっとリュークの言葉を聞くべきだった気がする」

続いてテッサイも、リュークを擁護した。

「そうだな……拙者もついムキになってしまった。あまり他人など意識したことないのだが、リュークは無視できぬ何かを持っている。不思議なヤツだ」

マンジの言葉に、ほかの面々も同意するような仕草をする。サクヤも、我知らず納得していた。

不思議なヤツ……まさにその通りの男だった。

どこか浮世《うきよ》離れしているようなところがあるくせに、絶大な信頼感も漂わせている。そんな人間は、サクヤも生まれて初めて出会った。

いったい何者なんだろう？　サクヤも含め、七部衆たち全員がリュークの正体を気にかける。

「ちゃんと反省できるのはおぬしらの良いところじゃ。では今日の探索はそろそろ切り上げて、皆でリュークを迎えに行くとしよう」

無事雨降って地固まるといった様相になったのを見て、ロクベエは微笑みながら全員を促した。

七部衆以外の者と合同任務をすれば、こういうこともある。

何はともあれ、またリュークと合流すべく七部衆たちが動き出そうとすると……

「みんな待てっ！　まずいぞ、わいら挟み撃ちされてる！」

テッサイの『領域監視《テリトリーサーチ》』が敵の存在をキャッチしたのだった。

「敵だと⁉　あーしらを追ってきた暗殺者か？」

「ああ、モンスターじゃなく人間だ。前方に二人、後方に二人に分かれてわいらを待ち伏せてる」

サクヤの問いかけにテッサイが答える。

「ふん、たった四人で俺様たちと戦おうってか？　望むところだ、不意を突かれたさっきの借りを返してやる！」

「今度は不覚は取らぬ。このワシが静かに息の根を止めてやる！」

カブトマルとゲンアンは、刺客を恐れるどころか返り討ちにする気満々でボキボキと指を鳴らす。

忍者である彼らは、モンスター戦が専門の冒険者と違って、対人戦闘は得意だ。特に身を隠して戦うような野戦は、特殊部隊としての本領が発揮できる。

ましてや七対四の人数なら、上位のSランク冒険者相手でも敵ではない。

「よし、いくぞ！　みんな散れっ！」

サクヤの号令で、それぞれが暗殺者たちに向かって駆けていく。サクヤとカブトマルが前方の二人を、そのほかの五人が後方の二人を相手するようだ。

この手の戦闘では定石《じょうせき》の作戦らしい。七部衆たちは迷うことなく、己の役目を果たそうと動いている。

これを合図とするように、暗殺者たちも攻撃を開始した。

まず口火を切ったのは、空飛ぶ『飛鋭刃』だ。先ほどと同様、いくつもの刃が鋭く回転しながら、後方に移動した七部衆五人に襲いかかる。

「その攻撃はもう通用しないぜ！」

先頭を走るコジロウが、軽快な動きで一つ一つ躱しながら距離を詰めていく。

続くゲンアンやテッサイも、今度は落ち着いて刃の攻撃を捌《さば》いている。

「ふむ、我輩をナメてもらっては困るな。すでにその攻撃は対策済みじゃ！」

そう言うと、ロクベエは懐《ふところ》から拳大の玉を取り出して、空へと放り投げた。

すると、空中でそれは破裂し、周囲に爆風をもたらした。それにより、宙を舞う『飛鋭刃』の軌道が乱され、明後日の方向へと飛んでいく。

これはロクベエが製作した忍び道具『爆風玉《ばくふうだま》』だった。先刻の襲撃のあと、対策として即席で作ったのだ。

急いで作ったため色々と調整不足だが、『飛鋭刃』を防ぐには充分な効果といえよう。

「……見えたぞ！　刃を操っているのはヤツだ！」

視力の優れたマンジが、前方茂みの奥に立つヒョロリと背の高い男の姿を発見した。そしてすぐさま弓を構え、前を走るコジロウ、ゲンアン、テッサイを援護するように、敵目がけて狙撃する。

残念ながらその矢は軽く躱されてしまうが、その間にほかのメンバーが一気に間合いを詰め、男に襲いかかった。

　そのとき……

「ラァーーーーーーーー！」

　どこからともなく、突然女の声が響き渡った。

　それは大声というわけではないが、体にのしかかってくるような奇妙な音圧があった。

　無視できない叫びを聞き、七部衆たちは思わずその場で足を止めてしまう。

「何か……おかしい。周りの空気が水のように重く感じる！」

　水中をもがくように、必死に体を動かすテッサイ。ほかのメンバーも同じようで、『飛鋭刃』使いの敵を前にしながら攻撃できずにいた。

　この体の不調は女の声が原因だと七部衆たちは気付き、声の出所を探る。

　少し上から聞こえてくることに気付いたマンジが、その場所を素早く狙撃した。

「そこだっ！」

　前方に立つ木の上方に矢を放つと、そこからクルリと回転しながら赤髪の妖艶な女が地に降りた。

　鋭い狙撃を受けながらも、女は特に慌てた様子もなく、余裕の笑みを浮かべながら言葉を出す。

「あら、思ったよりもやるじゃない。ケプラとザムザがやられただけあるわね」

「オレはやられてなんかいねえっ！」

　女の発言を、『飛鋭刃』使いの男――ケプラが否定する。

ザムザというのは、死んだ虫使いの名だろう。まあ殺したのは仲間であるケプラなのだが。

「体が戻ったぞ！　もう逃《のが》さねえっ！」

女の声が止まったことにより、七部衆たちの体は元通りになり、改めて目の前の敵二人に襲いかかろうとする。

だがしかし、暗殺者の二人は瞬時に身を引いたあと、また女が声を出し始めた。

「ちっ……ちくしょーっ、なんだってんだこの声は！　耳を塞いでも全身に響いてきやがる！」

単純なスピードなら暗殺者たちを凌《しの》ぐコジロウだったが、後方へ距離をとっていく二人を追うことができない。今の状態では、迂闊《うかつ》に攻撃を仕掛けると返り討ちに遭ってしまうからだ。

ほかのメンバーも同様に、警戒したまま動けずにいた。

女暗殺者――ヘルネのレベルは１２２であり、持っているギフトはＳランクの『呪歌の魔女《ローレライ》』という、自身の声を聞かせることで相手のレベルを大幅にダウンさせる能力だった。

いわゆるエナジードレインに近い効果があるわけだが、声を止めると相手の力は元に戻ってしまう。その代わり、声を聞いている間は際限なくレベルダウンしていき、最終的には身動きできなくなるほど弱体化させる恐ろしいものだった。

たとえ耳を塞ごうとも、その音波は相手に影響する。これを防ぐには、高い状態異常耐性が必要となる。

規格外に強いゾンダール将軍やラスティオンならともかく、普通の人間ではまず逃れられないだろう。

そして『飛鋭刃』を操るケプラのレベルは１２４で、ギフトはＳランクの『投刃操術《とうじんそうじゅつ》』というものだった。

これは刃を自在に投げることができる能力で、『飛鋭刃』だけじゃなくナイフなども思い通りに操ることが可能だ。近距離戦なら、『飛鋭刃』よりもナイフのほうが強力な武器となる。

「リュークというのはどいつだ？　この中にいるのか？」

動揺しているコジロウたちに向かって、ケプラが問いただす。

王妃メルディナと暗殺仲間のマクスウェルから、標的《ターゲット》のことは聞いていた。そのリュークという男を最優先で殺せと。

「リュークだって⁉　アイツならここにはいねえ。とっくに帰っちまったよ！」

敵を撹乱《かくらん》させるために、コジロウはあえて偽りの情報を言う。

暗殺者の目的がリュークなら、絶対に教えるわけにはいかない。ただし、ケプラも七部衆が素直に答えるとは思ってないので、今のコジロウの言葉など露《つゆ》ほども信じてはいないが。

「フフッ、面白いわね。アンタたちを捕らえて、拷問《ごうもん》しながらゆっくり聞こうじゃないの」

リュークの居場所が分からない以上、安易に七部衆を殺すわけにはいかない。

これは想定内だったため、ヘルネは予定通り七部衆たちを生け捕る作戦に移る。

自身の声を大きく上げ、『呪歌の魔女《ローレライ》』の能力でコジロウたちをさらにレベルダウンさせる。

「ダメだ、これではとても戦えぬ！　一度離れるぞ！」

暗殺者に負けず劣らずの暗殺力を持つゲンアンだったが、普段の力は到底出せないと悟り、一度撤退を試みた。

その指示に従い、コジロウやテッサイたちも後方に下がろうとしたが……

「ククク、逃すわけなかろう」

ケプラが新たな『飛鋭刃』を取り出して、続けざまにいくつも投げつける。

それを見てとっさにロクベエは『爆風玉』を投げるが、その動きにキレはなく、『飛鋭刃』は軌道を変えないまま七部衆たちに襲いかかった。

「くっ、体が重いっ、避《よ》けられねえっ！」

テッサイは必死に飛び退こうとしたが間に合わず、その腹部に激しく『飛鋭刃』が突き刺さってしまう。幸い、生け捕りにするため、この『飛鋭刃』は鋭い刃ではなかった。

みぞおち深くに強烈な衝撃を受けたテッサイは、短く呻き声を上げたあとそのまま意識を失う。

同様に、ほかの四人も気絶させられたのだった。

☆

コジロウたち五人が後方に潜んでいた敵――ケプラとヘルネに戦いを挑んでいた頃、別行動となったサクヤとカブトマルたちも、前方に待ち伏せていた暗殺者たちと接敵しようとしていた。

「……むっ、あそこだな！　右と左に分かれているみたいだが、どうするサクヤ？」

敵を発見したカブトマルがサクヤに指示を求める。

「あーしが右をやる。カブトマル、お前は左のヤツを頼む」

「ぐふっ、了解だ！」

暗殺者たちは左右二手に分かれていたため、サクヤたちはお互いに相手を決めてタイマン勝負を挑むことにした。二対二で戦うよりもこのほうがサクヤたちは得意なため、敵が分散したのは願ったり叶ったりだった。

七部衆はアルマカイン王国が誇るエリート特殊部隊で、これまでいくつもの危険組織を陰から殲《せん》滅《めっ》してきた。

特にサクヤとカブトマルの強さは別格で、たとえ上位のSランク冒険者だろうと、一対一で戦って二人に勝てる者などそうはいない。仮にこの暗殺者たちがサクヤたちと互角だったとしても、後方に行ったコジロウたちは優勢に戦えているはず。

向こうは五対二だ。そして、『飛鋭刃』の対策もしてある。

彼ら五人の力を知っているサクヤは、その状況なら絶対に負けないと確信していた。

コジロウたちは敵を片付け次第、こっちに駆けつけてくる。つまり、彼らが合流するまでの時間を稼げば、この戦いに負けることはない。

そう考えるサクヤとカブトマル。これまでも、手強い敵はこの作戦で打ち倒してきた。

だが残念ながら、今回は想定通りにはならず、コジロウたち五人は捕らえられてしまうわけだが。


「見つけたぞ！　七部衆を襲撃するうつけ者めっ、俺様の力を思い知らせてやる！」

カブトマルの前に現れたのは、七十歳くらいの小柄な老人だった。

まったく予想外の敵にカブトマルは少々面を食らったが、奇妙なのは相手が装備を何も着けていないことだ。

戦士職ではなく、仮に魔法職だとしても、普通は杖やローブなど魔法戦闘に適したものを身に着けている。しかし目の前の老人は、まるでどこにでもいる町人のような出で立ちをしていた。

これでどう戦うのか？　こんな年寄りが暗殺者ということも信じられず、カブトマルは何か不穏なものを感じながら敵に接近していく。

「さて、獲物が来たようじゃから、戦闘を始めるとしよう。ゴリアテ、目覚めるのじゃ！」

老人がそう言うと、足元の地面が大きく盛り上がり、土の中から巨大な戦士が現れた。

一見、大柄な重戦士《じゅうせんし》という見た目ではあったが、人間とは明らかに違う部分があった。

それは、体長が四メートルもあるということ。エルフや獣人など様々な人種はあれど、ここまで大型な人間などは存在しない。

そして肌の部分が全て金属質なもので覆われている。怪力な重戦士でも、これほど体中に装備を着けてはロクに動けないだろう。

その姿は、地球で言うところの『ロボット』によく似ていた。

「ど、どういうことだ!?　テッサイの探知では、こっちにいる敵は二人のはず!?　何故三人いる？」

テッサイのギフト『領域監視《テリトリーサーチ》』は万能ではないが、この相手なら探知可能なはず。何故見逃してしまったのか、カブトマルは驚きを隠せない。

二対三の戦いは想定外の状況だ。このままでは勝利の方程式が崩れてしまう。

「ワシのゴリアテは人間ではない。そもそも生物でもありゃせんから、探知にも反応せんのじゃよ」

この発言を聞いてカブトマルは気付く。この大男は、魔導で動く人形――ゴーレムなのだと。

小柄な老人――暗殺者ニグロムの持つ『魔導兵主《パペットマスター》』はSランクギフトで、ゴーレムを作り出す能力だった。

ゴーレム自体は、『魔導兵主《パペットマスター》』のギフトでなくても製作は可能だ。ただし非常に難しく、一体作るだけでも専門の能力を持った者たちが何人も集まり、そして完成までに途方もない労力と時間を必要とする。

それをいとも簡単に作ってしまうのがニグロムの能力だ。ただし、制御できるのは一体のみ。

「なるほど、ゴーレム使いだったか。俺様としたことがちっと焦っちまったが、そうと分かれば何も恐れることたぁねえな」

動揺していたカブトマルに冷静さが戻る。

確かにゴーレムのパワーは脅威だが、動きは鈍《のろ》い。よって、戦闘に使われることはほとんどなく、便利な労働力といった存在だ。

目の前の老人――ニグロム自身は戦わないようだし、一対一ならゴーレム相手でも問題ない。最悪勝てずとも、コジロウたちが来るまでの時間稼ぎができればいいのだ。

そう考えるカブトマル。

実際ニグロムのレベルは86で、カブトマルなら一捻りできるだろう。

ただし、ゴーレムの力をカブトマルは見誤っていた。

「来いブリキのデカブツ！　俺様がスクラップにしてやる！」

カブトマルはゴリアテとの戦闘を開始した。

大柄なカブトマルではあるが、スピードはけっして遅くはない。その速さでゴーレムを翻弄し、手数《てかず》で圧倒する作戦だったのだが……

「なっ……なんだとぉっ⁉」

なんとゴリアテはカブトマルの動きについてくるどころか、上回る速さで対応してきたのだ。

そして手に持つバトルハンマーで、カブトマルを打ちつける。

「ぐううっ！」

とっさにガードをするカブトマルだったが、そのまま激しく吹き飛ばされてしまう。

そこへ即座に近付き、追い討ちをかけるゴリアテ。

常人ならここでやられてしまうところだが、ギフト『狂王』の力を解放したカブトマルのタフさは規格外だ。必殺の一撃をカブトマルはかろうじて躱す。

「こ、このスピードはなんだ!?　本当にゴーレムか!?」

「きしゃん、ワシのゴリアテをナメるでないぞ。人間などに後《おく》れをとらぬわ」

ニグロムの言葉も終わらぬうちに、またゴリアテがカブトマルに向かって突進する。

まるで人狼《ワーウルフ》が巨大化したかのような軽快な動きで、ゴリアテは一方的にカブトマルを追い詰めていく。

この巨体がこれほどのスピードを出すとは……カブトマルは手数で勝負するつもりだったが、逆に手数で圧倒されていた。逃げ回るのが精一杯の状況だ。

このままではジリ貧と考え、カブトマルは自身の武器である鎖鎌をゴリアテの腕に向かって投げつける。それは鋼鉄の右腕にガシリと巻き付き、ゴリアテの動きを鈍《にぶ》らせた。

「捕まえたぜ！　スピードじゃ敵わねえが、パワーなら俺様は誰にも負けねえ！」

巨体のゴーレム相手に無謀な行為と思えるが、『狂王』のパワーは全ギフトでも最強を誇る。

単純な力勝負なら『戦神』を持つゾンダール将軍にすら負けない。そうカブトマルは思っていた。

棘甲冑巨獣《ディノ・スパイクアーマー》の巨体さえ受け止めたのだ。この超パワーで、ゴリアテをぶん回して破壊する。

勝つにはそれしかない。

カブトマルは全身の筋肉をフル稼働させ、力の限りゴリアテを地に叩きつける！

……つもりだったが、その鋼鉄の巨体はピクリとも動かなかった。

「ゴリアテと力勝負じゃと？　笑わせおる。ゴリアテは巨人相手でもパワー負けはせんぞ。そして魔法に対しても強靭に作ってある。ワシのゴリアテは無敵じゃ！」

カブトマルの脳裏に初めて絶望がよぎった。

あのスピードで、そしてこのパワーを持つゴーレム。果たして誰が勝てるというのだろうか？

「きしゃんはもう眠れ」

その言葉の直後、ゴリアテは一瞬でカブトマルに接近し、腹部に強烈なパンチを打ち込む。

タフなカブトマルだったが、木々をなぎ倒しながら吹っ飛び、そのまま気を失った。

☆

カブトマルがニグロムと接敵していた一方、別方向に向かったサクヤも倒すべき相手を発見していた。

「アイツだな！　あの装備なら恐らく魔導士か」

前方に潜んでいたのは、黒いローブを着た中肉中背の男だった。

見た目は三十歳過ぎで、右手に持つ杖には、ドクロを象《かたど》った小型の水晶が付いている。印象からすると闇属性が得意な魔導士といったところだが、装備から特定することはできない。

「しかし、四人も追っ手がいたとは……」

死んだ虫使いの男——ザムザ以外にも、暗殺者が四人もいたことはサクヤにとって想定外だった。

これはほかの七部衆たちやリュークも同じで、暗殺者は二人組だと認識していたのだ。

その理由は、自分たち八人をたった二人で襲ってきたこと。

もっと仲間がいるなら、確実に仕留めるためにも全員で襲ってくるはず。なのに二人だけで来たのだから、ほかには仲間はいないと考えるのが妥当だろう。

相棒は倒したから残りは一人。だからリュークは、もしこのあとに襲ってくるなら、自分を直接狙ってくるだろうと踏んでいた。

たった一人で、わざわざ人数の多い七部衆たちを襲う理由がないからだ。

しかし実のところ、暗殺者側の事情は違っていた。最初に二人だけで襲ってきたのは、ケプラとザムザが勝手に行動したからだった。

本来は仲間が全員揃ってから動く予定だったが、ケプラとザムザは自分たち二人だけで任務遂行できるとナメていて、仲間の到着を待たずに独断で仕掛けた。そして返り討ちに遭ったわけである。

ケプラたちが失敗したのを受けて、今回は全員で仕掛けてきた暗殺者たちだが、リュークを狙わなかったのは、もちろん居場所が分からなかったため。

七部衆を先に発見したので、とりあえず襲撃したというところだ。

標的《ターゲット》については、七部衆たちを捕らえて白状させればいい。

四対七の戦闘だが、暗殺者たちは絶対に負けない自信があった。

「ほほう……こんなに美しい女性がやってくるとは驚きです。もしや、あなたが噂に高い『鬼姫』ですか？」

中肉中背の男が、丁寧な口調でサクヤに話しかける。

一見、紳士な男とも取れる態度だが、どちらかというと慇懃無礼《いんぎんぶれい》な感じである。

「あなたたちを少々みくびっていましたよ。まさか、ザムザの罠が破られるとはね。彼の操虫術《そうちゅうじゅつ》は完璧でしたので、しくじるなんてとても信じられないところです」

男の言葉にサクヤの胸がチクリと痛む。やはりあそこに罠はあったのだ。

何故リュークを信じてやれなかったのか……サクヤはギュッと下唇を噛んで後悔する。

すぐにでもリュークのもとに行って心から謝罪したい。それには目の前の敵を倒さなくては！

サクヤは気を引き締めながら男に接近していく。

「私はウーノットと申します。では麗《うるわ》しの『鬼姫』様、戦闘を始めるとしましょうか」

暗殺者ウーノットが呪文を詠唱すると、周囲に禍々《まがまが》しい魔瘴気が満ち始めた。

やはり闇属性の魔導士か……脅威ではあるが、近付いてしまえばこっちのものだ！

サクヤはそう考えながら、魔法攻撃に備えつつ一気に間合いを詰めていく。

「出でよ、四腕《しわん》の死霊騎士《しりょうきし》！」

サクヤが到達する直前にウーノットは詠唱を終え、手に持つ杖を上に掲《かか》げた。

すると、地面に直径六～七メートルの魔法陣が出現し、その中から何かが浮上してくる。

それは巨大な馬に乗った、体長三メートルほどもある四本腕の騎士だった。

「コ、コイツはまさか……地獄へ誘う死騎兵《グレーター・デスナイト》!?」

騎士はフルプレートアーマーを着けていて中身は見えないが、漂ってくる腐臭からアンデッドだとサクヤは気付いた。

つまり、ウーノットは闇属性の魔導士ではなく、『死霊使い《ネクロマンサー》』だったのだ。

「バカなっ、地獄へ誘う死騎兵《グレーター・デスナイト》を喚《よ》び出せるなんて……！」

死霊術系のギフトはいくつかあるが、大抵はスケルトンやゾンビなどの下級アンデッドしか召喚はできない。死の騎士《デスナイト》を喚び出せたら一流の部類だ。

なのに、さらに上位の地獄へ誘う死騎兵《グレーター・デスナイト》を召喚するなんて、にわかには信じられないことだった。

これほどの『死霊使い《ネクロマンサー》』なんて、そうはいない。

しかし、サクヤは冷静さを取り戻す。

確かに地獄へ誘う死騎兵《グレーター・デスナイト》は強いが、それは上位のSランク冒険者と同程度。あまりのことについ動揺してしまったが、自分なら同等以上に戦える。

「んじゃあいくぜっ！」

サクヤは馬上の地獄へ誘う死騎兵《グレーター・デスナイト》に向かって飛びかかる。

死霊術に限らず、召喚系魔法を操る敵はその術者本人を狙うのが常套手段《じょうとう》だが、そんなことはもちろん術者も承知で、簡単には近付かせない。強引に仕掛ければ、逆に返り討ちに遭うだろう。

よってサクヤはウーノットを狙わず、地獄へ誘う死騎兵《グレーター・デスナイト》を倒すことに注力する。

この面倒なヤツさえ始末すれば、残りの術者――ウーノットなど自分《サクヤ》の敵ではないからだ。

「喰らえっ、『闘気光弾《とうきこうだん》』っ！」

サクヤはギフト『闘力鬼』の能力を解放し、両手から光る玉を撃ち出す。

これは体内のエネルギーを圧縮したもので、詠唱なしに放てる魔法弾のようなものだった。

両手から一発ずつ撃ったあともすぐさま光弾を補充し、地獄へ誘う死騎兵《グレーター・デスナイト》目がけてぶっ続けに撃ちまくる。地獄へ誘う死騎兵《グレーター・デスナイト》はサクヤほど動きが速くないので、いくつかの弾を避けきれずにその身に喰らっている。

ただし、アンデッドはすでに死んでいるだけに非常にタフで、そう簡単には体力《HP》が尽きることはない。痛みも感じないので、攻撃を喰らってもものともせずに突進し、四本の腕に持つ剣でサクヤを斬りつける。

「くっ、そんな斬撃、あーしに当たると思うなよ！」

四方から襲いかかる剣を、サクヤは紙一重で躱していく。地獄へ誘う死騎兵《グレーター・デスナイト》を相手に、ここまでの接近戦ができる者はそうはいないだろう。

とはいえ、サクヤも必死であり、見た目以上にギリギリの戦いをしていた。

そしてダメージによって地獄へ誘う死騎兵《グレーター・デスナイト》の腕が一本ずつ破壊され、残り一本となったところで、サクヤは自分の最強技を打ち込む。

「これでトドメだ、『爆砕輝掌連撃』ーっ！」

直撃を喰らった地獄へ誘う死騎兵《グレーター・デスナイト》は、死霊馬《しりょうば》とともに消滅した。

「どうだ、あーしの力を思い知ったか！　さあ降参しやがれ！」

荒い息を吐きながら、サクヤはウーノットに降伏を迫る。

だがウーノットは少しも焦りを見せないどころか、余裕の笑みを浮かべながら言葉を返してきた。

「さすが音に聞く『鬼姫』、この程度では不足でしたか」

地獄へ誘う死騎兵《グレーター・デスナイト》ほどのアンデッドを『この程度』と言い表すウーノット。サクヤはこれを負け惜しみと捉え、従わないならば叩きのめそうと拳を握ったところ、ウーノットはまた詠唱を始めた。

「させるかっ！」

地獄へ誘う死騎兵《グレーター・デスナイト》を召喚したあとだけに、残りの魔力《MP》ではもうロクなアンデッドを喚べないだろうとは思ったが、油断せずにサクヤは全力で攻撃を仕掛ける。

しかし、ウーノットとは少し距離が離れていたため、一歩届かずに詠唱が完了してしまう。

「出でよっ、憤怒《ふんぬ》の死竜《しりゅう》！」

ウーノットが叫ぶと、地上に直径十メートルを超える魔法陣が出現し、そこから巨大な何かが浮上してくる。

体のあちこちが腐っているが、その姿はまぎれもなくドラゴンだった。

「そんなっ、まだこれほどのアンデッドを召喚できるなんてっ⁉」

ウーノットが喚び出したのは飢える腐蝕竜《ディバウアードレイク》という、ドラゴンゾンビの一種である。

アンデッド系でも最強に近いドラゴンゾンビは体長三十メートルくらいあるが、この飢える腐蝕竜《ディバウアードレイク》は体長十五メートルほどと小型で、ランクとしては下の存在だ。

ただし非常に狂暴なうえに動きも速く、そして強力な腐蝕ブレスを吐くこともできる。

Sランクチームでないとまず討伐は無理で、その飢える腐蝕竜《ディバウアードレイク》がなんと魔法陣から次々と這い出し、計三体出現した。

これほど強力な死霊術を行使するウーノットの力――そのレベルは132で、持っているギフトはSランクの『死屍王《ししおう》』というものだった。

「三……体？　ウソ……だろ…………⁉」

目の前に並ぶ飢える腐蝕竜《ディバウアードレイク》たちを呆然と見つめるサクヤ。

一体だけでもサクヤには充分手に余る。ましてや三体となると、勝つのは到底不可能だった。

そもそも地獄へ誘う死騎兵《グレーター・デスナイト》との戦いで、すでにサクヤの闘気《エネルギー》は残っていない。逃げることすら絶望的だ。

最悪、コジロウたちが来るまでの時間稼ぎをするつもりだったが、たとえ七部衆全員で挑んでも、飢える腐蝕竜《ディバウアードレイク》三体に勝つ見込みなど微塵もないだろう。

この戦いはもう終わりだ。コジロウたちだけでも今すぐここを離れ、リュークと合流すべきだとサクヤは考える。

そして一刻も早く王都へ戻り、この敵たちのことを報告してほしい。

だがそのコジロウたちも、すでにケプラたちに捕らえられていた。

「ちっくしょうっ！」

飢える腐蝕竜《ディバウアードレイク》三体の攻撃をなんとか躱し続けていたサクヤだったが、とうとうスタミナが切れ、動きが鈍《にぶ》くなってしまう。

そこに飢える腐蝕竜《ディバウアードレイク》の振り回した尾が直撃し、サクヤの意識は途絶えてしまった……

2．怒りのリューク

ベキッ、ボキキキッ……

「ぐふっ、ぎっ、があぁっっっっ……！」

（ん……な、なんだ？）

何かが壊れるようなニブい音と、それに続く悲痛な男の呻き声で、サクヤは気絶から目を覚ます。

一瞬状況を理解できなかったが、すぐに自分に何が起こったのかを思い出した。

あの『死霊使い《ネクロマンサー》』ウーノットに自分は負けたのだ。ただ、サクヤは自分が殺されていないことに少々安堵する。

それはそうと、ほかの七部衆《みんな》がどうなったのか気になり、サクヤは慌てて体を起こそうとしたところ、両腕も足もまったく自由にならずに地面をのたうってしまう。

サクヤの両手足は、頑丈な縄で固く緊縛されていたからだ。

「ここは……!?」

完全に目が覚めたサクヤは、なんとか身をよじって周囲を見回す。

どうやらそこは洞窟内のようだった。

通路というよりは地中にできた広場のようになっていて、その広さは四十メートル四方くらいはあった。そこに手足を拘束されてサクヤは転がされていた。

「ようやくお目覚めのようですね、『鬼姫』様」

サクヤの意識が戻ったことを知り、ウーノットがゆっくりとした足取りで近付いてくる。

その後方には、自分と同じように転がる七部衆たちの姿が見えた。

「無事だったんだなお前たち！　良かった……はっ」

見たところ、七部衆たちの命は無事のようだった。

ただし、全員息も絶え絶えといった様子でグッタリしている。自分が気絶している間に拷問されたのだと、サクヤは気付く。

いや、拷問は現在も継続中らしい。赤髪の女――ヘルネがテッサイの左脚を抱え、膝《ひざ》関節を逆に折り曲げる。

「ぎいいいいっ！」

「テ、テッサイ！　や、やめろぉっ！」

よく見るとテッサイの右脚はすでに折られ、それどころか全身のあちこちが砕かれていた。両腕も原形をとどめないほど、おかしな方向にねじ曲がっている。

テッサイだけではなく、ほかの七部衆たちも同じ状態だった。

唯一カブトマルだけは手足が無事だ。その代わり、全身が血まみれになっているが。

これはカブトマルの体が強靭すぎて、簡単には骨を砕けなかったからだ。

だから仕方なく、ナイフで刺して拷問した。出血多量などで死なないよう、あえて急所を避けながら。

おかげで酷い重傷ではあるが、カブトマルもかろうじて生きていた。

「くふふふ、いい声よ。もっと鳴いてアタシを楽しませてちょうだい」

ヘルネが恍惚《こうこつ》とした表情を浮かべながら言葉を漏らす。

どうやら拷問が趣味らしい。もはや尋問のためではなく、拷問そのものが目的になっている感じだ。

「相変わらずヘルネは楽しそうじゃのう」

「ヘルネよ、楽しむのはいいが、口を割らせる前に殺すなよ」

「もちろん承知よ。ふふっ、これだけ丈夫だと、どこまで耐えられるか本当にやりがいがあるわ」

右手の人差し指をペロリと舐め、顔を紅潮させながらニグロムとケプラに答えるヘルネ。

「やめろっ、拷問するならあーしをやれっ！」

「サクヤ、オイラたちはどうでもいい。お前も絶対に喋るな！」

見かねて叫ぶサクヤに対し、絞り出すような声でコジロウが諭す。

特殊部隊という任務上、七部衆たちはこういう状況も当然覚悟してきたが、実際ここまでの窮地に陥ったのは初めてだった。

だが何をされようとも情報を漏らすわけにはいかない。たとえ殺されてもだ。

サクヤは改めて覚悟を決める。

しかし……

「ククク、さすがアルマカインの最強忍者衆。まあ口を割らないならそれでもいい。ヘルネ同様、オレたちも楽しませてもらうだけだ」

ケプラが下卑《げび》た笑みを浮かべながらサクヤに接近する。

「よせっ、サクヤには手を出すな！　女を拷問するなど、虫けらにも劣る。貴様たちにも矜持《きょうじ》はあろう！」

「そ、そうだ、まずはワシらを殺すまでやるがいいっ！」

「ぜぇっ、ぜぇっ、お……俺様はまだ生きているぞ……」

マンジが慌てて叫び、続いてゲンアンやカブトマル、そしてほかの七部衆たちも、サクヤを助けるため口々に声を上げた。

「いいんだ、あーしのことは気にするな。それよりお前たち、何があっても喋るなよ」

サクヤはこわばる表情を必死にゆるめ、精一杯の笑顔を浮かべる。

覚悟しているとはいえ、やはりサクヤは女だ。拷問が怖くないわけがない。

「安心しろ、オレたちも女に拷問をする気はない。言っただろ、楽しませてもらうだけと」

ケプラは七部衆たちに向かってそう宣言したあと、また視線をサクヤに戻し、不敵に口角を上げながらさらに歩み寄る。

それに追従するようにウーノットもサクヤのそばに行き、ニヤリと邪悪に微笑む。

それは普段の暗殺者ではなく、欲情した男の顔だった。

「キシャシャ、ワシも楽しませてもらうぞい」

高齢のニグロムまで、下卑た表情を浮かべている。

「ま……待て、まさかお前ら、あーしのことを……？」

サクヤは男たちの考えていることに気付く。……自分を凌辱《りょうじょく》するつもりだと。

男三人にじりじりと迫られ、さすがのサクヤも取り乱し始める。

死と隣り合わせの世界で生きてきたサクヤには、この展開は想定外のことだった。

いや、まったく覚悟してなかったわけではないが、お互い命がかかっているような状況で、欲情などするものなのだろうかと疑問に感じてしまう。

だが実際、ケプラたちは美しいサクヤを見て欲情していた。

暗殺者たちの思惑に七部衆たちも気付き、激しく狼狽《ろうばい》する。

「よせっ！　貴様たちがやろうとしているのは、拷問よりも下劣な行為だぞ！」

マンジが怒号を浴びせる。

しかし、ケプラたちは気にも留めず、サクヤに掴みかかった。

「分かった、話す！　リュークの居所を教える。だからサクヤに乱暴はよせっ！」

「言うなテッサイ！　あーしはどうなってもいい、だから絶対に喋るんじゃない！」

サクヤに一喝され、テッサイほか七部衆たちは唇を噛みしめて押し黙る。

サクヤは思う。このまま自分の体で時間が稼げるなら、それが最良だ。

もしも暗殺者たちが自分の体を気に入り、数日ほどこの場にとどまってくれれば、王都からの救援が間に合うかもしれない。

確率はかなり低いがゼロじゃない。自分たちが助かるにはそれしかない。

そうなるにはリュークこそがカギだ。

暗殺者たちに捕まる寸前、ロクベエは狼煙玉を使っていた。それはロクベエが開発した特製のもので、しばらく経ってから煙を上げる、時間差発動の狼煙玉だった。

敵がそばにいる状況では、通常の狼煙や『光紙《ひかりがみ》』での通信はすぐに見つかってしまう。だがこの時限式の狼煙玉なら敵が去ったあとに発動するので、バレる可能性は低い。

その推測通り、暗殺者たちに気付かれることはなかった。

リュークがアレを見れば、緊急事態と知って王都に戻るはず。自分たちを助けてもらうことが目的ではなく、リュークに危険を知らせるために狼煙を上げたのだ。

消えた自分たちを少し探すかもしれないが、さすがにこの洞窟を見つけるのは無理だろう。

いや、見つけてもらっては困る。

とにかく、リュークが一秒でも早く王都に報《しら》せてくれることを祈るサクヤ。

「では『鬼姫』の体を味わわせてもらうとしよう」

ケプラが舌舐めずりをしてサクヤの着衣に手をかける。

思わず目を閉じるサクヤ。

サクヤは本心から、リュークが逃げ延《の》びることを願っている。

アルマカインの運命はリュークにかかっているのだ。洞窟《ここ》に来てしまったら、それも水の泡となって消えてしまう。

だがサクヤの本能が心の奥で叫ぶ。リューク、助けて……と。

リュークが来たところで、暗殺者たちには勝てるはずもない。ゾンダール将軍ですら、この四人相手では勝てないかもしれないのだから。

なのに、何故かリュークの顔がサクヤの脳裏に浮かぶ。

自分が初めて出会った不思議な存在。そのリュークならもしかして……

「邪魔だ」

ケプラによって、サクヤの服が力任せに引き裂かれる。

絶体絶命のそのとき。

「そこまでにしておけ」

地獄と化した洞窟内に、怒りを込めた声が静かに響き渡る。

暗闇の奥からゆっくりと姿を現したのは、リュークだった。


「リュ……リューク！」

洞窟内に現れたリュークを見て、七部衆全員が驚く。

いったいどうやってここを発見したのか？　偶然見つけたにしても早すぎる。

そしてすぐさま我に返り、地に這いつくばったままリュークに向かって叫ぶ。

「バッ、バッカヤローっ！　なんで来やがった⁉　お前一人じゃ、この状況をどうすることもできないだろっ！」

「今すぐ逃げろっ！　お前がやられたら、なんのためにオイラたちがこんな目に遭ったのか分からないぜっ」

テッサイとコジロウが必死に退避を促《うなが》すが、リュークがそこを動くことはなかった。

そして全身から青い炎が見えそうなほど怒りを露《あら》わにし、暗殺者たちに向かって言葉を発する。

「オレは今本気で怒っている。だからあまり手加減できそうにない。降伏しろ。そうすれば、少しは手加減してやる」

暗殺者たちは、最初リュークが何を言っているのか分からなかった。てっきり、土下座でもして命乞いをするかと思っていたからだ。

それ以外に、この七部衆たちを救う方法などはない。

まあ土下座したところで皆殺しにするつもりなのだが。

それが、あのリュークという若造は、自分たちに降伏を迫ってきた。どういう思考をすればそんな結論になるのか、暗殺者たちが理解不能となるのは当然だ。

一瞬呆気に取られる暗殺者たち。そしてゲラゲラと大笑いしながら、リュークに言葉を返す。

「なんと、こんなのがオレたちの獲物《ターゲット》だったとはな。たった一人でやってきたことといい、これほどの馬鹿は見たことがない」

「マクスウェルめ、この程度のヤツを始末するためにワシらを呼んだのか？　まったく呆れるわ」

ケプラとニグロムが心底小馬鹿にしたような表情でリュークを見下す。

そんな二人を無視して、リュークは言葉を続ける。

「サクヤから離れろ。言っておくが、人質なんかに使ったら、今すぐお前たちの首は体とさよならすることになる。女でも容赦しない」

リュークの強気な発言を聞いて、暗殺者たちはさらに笑いまくる。まだロクにレベルも上がってないような若造が、自分たちに本気で勝てると思っているところがおかしくてたまらない。

「なんていう面白い子なの？　こんな状況で、どうすればアタシたちに勝てるのかしら？」

「安心しなさい。女性を人質に取るなんて無粋《ぶすい》な真似はしませんよ。それよりも、君がどれほど世間知らずの無鉄砲なのか、じっくりとその身に叩き込んであげましょう」

もはやリュークのことを、本当に頭がおかしいのではないかと疑うヘルネとウーノット。

この場に一人で乗り込んでくるなど、どう考えても正気の沙汰ではない。

七部衆たちが最期までリュークの居場所を吐かなかったら少々面倒だな、と考えていた暗殺者たちだが、その獲物《ターゲット》がわざわざ自分からやってきてくれたのだ。手間が省けてありがたいことこの上ない状態だ。

さて、リュークはどうしてこの洞窟に七部衆たちがいると分かったのか。

リュークは狼煙を見たあと、『嗅覚』スキルで七部衆たちの匂いを追ってここまで来たのだった。

成長した今のリュークにとっては、この洞窟を見つけるのはそれほど難しいことではない。

そして拷問された彼らの酷い姿を見て、怒り心頭となっていた。

普段はなるべく冷静に努めているリュークだが、コイツらを許すことはできそうもない。

うっかり殺してしまいそうな怒りをグッと抑えるリューク。

「もう一度だけ言う。素直に降参するんだ。特にそこの赤髪の女《アンタ》、オレは女を痛めつけるなんてことはしたくない」

リュークがヘルネを見つめながら忠告した。それは弱者を憐《あわ》れむような視線で、自分がナメられていると思ったヘルネは、瞬時に怒りを爆発させる。

「このクソガキ……お前はこのアタシが念入りに遊んであげるわ。全身の骨を砕いたあと、内臓を一つずつ引きずり出してやる。ラァアアアアアアアアアアアアアッ！」

この叫び声が戦闘開始の合図となった。

ヘルネは『呪歌の魔女《ローレライ》』の力を発動すると同時に、愛用の鞭《むち》を取り出し、鞭の強烈な一撃をリュークに叩き込む。

しなりながら迫る鞭の先端は音速を超え、その威力は軽々と骨を砕くほど。『呪歌の魔女《ローレライ》』によって急激にレベルを下げられた状態では、音速で襲いかかる鞭を躱すのは難しい。

目の前の生意気な男――リュークの胸に鞭が当たり、あばらが砕かれる姿を想像して、ヘルネはニヤリと邪悪な笑みを浮かべる。

しかし、そうはならなかった。

「ゴアアアアアアッ‼」

リュークは鞭を軽く躱したあと、ヘルネの声を上回る音量で大声を上げる。

すると、ヘルネはビクリと体を震わせたあと、声を止めて静かになった。

「くっ……、かっ……？　あ、う…………？」

自分に何が起こったか分からず、ヘルネは混乱する。

どうやら声を出そうとしても出ないらしい。

これは、リュークがモンスタースキル『静寂の咆哮《ほうこう》』を使ったことにより、ヘルネが『沈黙』の状態異常となってしまったからだった。

『沈黙』とは、一定時間声が出せなくなる状態異常だ。つまり、魔導士なら詠唱ができなくなるので、魔法の使用が不可能になる。

『即死』、『石化』、『麻痺』、『盲目』、『睡眠』などと比べるとペナルティーとしては軽度だが、その分レジストが少し難しいという特徴があった。

リュークはレベル上げをしていたとき、イビルスフィンクスと戦ってこの『静寂の咆哮』を手に入れていた。ヘルネの能力を分析で知っていたリュークは、まずはその面倒な声を封じることにしたのだ。

まあそもそもリュークほどのレベルや異常耐性があれば、『呪歌の魔女《ローレライ》』を喰らったところで、それほど深刻な能力ダウンにはならないのだが。

自分の状態をようやく理解したヘルネは、ならば鞭で滅多打ちにしてやろうと、勢いをつけてリュークに鞭を打ちつけた。

それをリュークは軽々と避けて、一気にヘルネに接近する。

「ごぼううううっ！」

ヘルネのみぞおちにリュークの拳が深く食い込み、声の出せないヘルネの喉から胃液の溢れる音が出る。

内臓が口から出そうになるほどの衝撃を受けたあと、そのまま壁に激突してヘルネは失神した。

「バカなっ、ヘルネが!?　くっ、少しはやるようだな、小僧っ！」

自分たちが少しリュークをみくびりすぎていたことに気付き、残りの暗殺者三人――ケプラ、ニグロム、ウーノットは気を引き締めて戦闘モードに入る。

まずは真っ先に動けるケプラが仕掛けていく。

「オレの本気の『飛鋭刃』を喰らうがいいっ！」

ケプラは今まで手を抜いて『飛鋭刃』を投げていた。それは七部衆たちを殺すのが目的ではなかったからだ。

しかし、この状況は違う。

『獲物《ターゲット》』であるリュークが目の前にいるのだ。殺さない理由などない。

ケプラは一瞬でいくつもの『飛鋭刃』を宙に投げる。

本気の投擲《とうてき》はこれまでとは比較にならないほど鋭く速く、そして急旋回しながら『飛鋭刃』はリュークに襲いかかった。

だが四方から来るその刃を、先ほどの鞭同様リュークは難なく躱していく。

「ククッ、なるほど回避には自信があるようだな。だがそれがお前の命取りになる」

ヘルネとの戦いを見て、リュークの回避能力が高いと見抜いたケプラは、ある作戦を仕掛けていた。

実は『飛鋭刃』は、あえて躱しやすいように調整して投げた。リュークが自分の正面に来るよう誘導するためだ。

その狙い通り、全ての『飛鋭刃』を躱したリュークは、ケプラの目の前にその体をさらけ出す。

「小僧、もらったぞ！　これで終わりだ！」

ケプラは懐から数十本のナイフを取り出すと、それをいっせいに投げてリュークに浴びせる。

躱せる者など存在しない間合いだ。

超至近距離で放たれたナイフは、防具で守られていないリュークの手足や顔、体、そしてむき出しの首に襲いかかる。それは殺傷力の低いナイフであっても、致命傷となりえる攻撃だった。

……が、しかし。

ナイフは生身の首どころか、目玉にさえ刺さることはなかった。

リュークが『身体硬化』のスキルを発動したからだ。

キンキンと乾いた金属音を鳴らしながら、ナイフは弾かれて地面に落ちた。

「コ……コイツ、人間じゃねえっ！」

打つ手がなくなったケプラはその場から離れようとしたが、リュークのスピードからは逃げられない。リュークはケプラの腹に一発、二発、三発と強烈にパンチを打ち込んだあと、頭蓋《ずがい》が変形するほどの勢いで顔面を殴りつける。

恐らく内臓が破裂したであろうケプラは、ヘルネと同じように壁に激突して気絶した。

ケプラを倒し、次は……とリュークが振り返ったところ、通常の数倍はある大型の鎖が飛んできて、リュークの左腕に何重にも巻き付いた。

ニグロムの巨大なゴーレム――ゴリアテが、自身の手のひらから鎖を発射してリュークを捕獲したのだった。

「キシャシャ、きしゃんのそのスピードと回避能力は驚異じゃが、捕まえてしまえば怖くないわ。もう逃げられんぞ、ワシのゴリアテに捻《ひね》り潰されるが良い」

ゴリアテは腕に力を入れ、あのカブトマルの怪力を遥かに超えるパワーで、リュークを引きずり寄せようとした。

しかし、リュークの体はピクリとも動かない。むしろゴリアテのほうが、自分のパワーにつられて前のめりになる。

カブトマルのときと攻守を変えて、今一度同じ現象が起こったのだ。

「なっ……ど、どういうことじゃ!?　きしゃん、ゴリアテに引っ張られて何故動かぬ!?」

リュークがゴリアテの怪力にも微動だにしない理由。

リュークは怪物ロックジャイアントとの戦いで、あるスキルを手に入れていた。

それは『巨神の大力《ティタンマッスル》』という、凄まじいまでの超怪力を発揮できる能力だった。

パワーなら巨人族の中でも最強といえるロックジャイアントだ。ゴリアテ程度では敵うはずもなかった。

リュークは鎖を右手で掴み返し、逆にゴリアテを鎖ごと力任せに振り回す。

「ゴ、ゴリアテより怪力などありえん！　なんじゃ、ワシは幻覚でも見せられておるのか!?　分からん、ワ、ワシは頭が狂いそうじゃ！」

ニグロムはこの光景がとても信じられず、完全にパニックになる。

そんなことなどリュークは気にも留めずに、ゴリアテを力いっぱい地面に叩きつけたあと、サクヤから取得した『闘力鬼』の技『剛羅断壊破《ごうらだんかいは》』でその鋼鉄のボディーを破壊した。

「あ、あーしの能力《ギフト》と同じ!?　いや、今の技はあーしでも使えない秘奥義だ！　なんでリュークが!?」

サクヤは、リュークが『闘力鬼』の力を使ったことに驚く。

というより、さっきから目の前で起こっている事態に、思考がまるでついていけない。鬼神の強さを見せるリュークをただ呆然と見ているだけだ。

ほかの七部衆たちも同じで、これが現実かどうかさえ分からなくなっている。

そして少しずつ冷静さを取り戻し、あることに思い当たる。それはラスティオンのこと。

まさか、罠なんかではなく、リュークは力ずくでラスティオンを捕らえたのでは……？

あのラスティオンに勝てる者などそうはいない。ましてや無傷で生け捕るなど、不可能に近い。

だからリュークがラスティオンを捕らえたのも、罠を使ったのだと七部衆たちは思っていた。

しかし、リュークは実力で勝ったのだとしたら……？

「つ、つ、強すぎる！　こ……こやつ、魔神か……!?　げひいいいっ！」

ニグロムも殴られ、重傷となって気絶する。残るは一人。

「ディ……飢える腐蝕竜《ディバウアードレイク》よ、腐蝕のブレスでこの場にいる者たちを全て始末しなさい！」

『沈黙』の状態異常を喰らわないよう、ウーノットは後方に下がりつつ、リュークがゴリアテと戦っている間に詠唱を終え、飢える腐蝕竜《ディバウアードレイク》を喚び出していた。

ウーノットの命により、広場に並んだ三体の飢える腐蝕竜《ディバウアードレイク》は、リュークや七部衆たちに向けて腐蝕ブレスを吐く――そこには気絶しているケプラ、ニグロム、ヘルネがいるにも拘《かか》わらず。

ウーノットは仲間もろとも全員殺すつもりだった。

リュークの凄まじい戦闘力を見せられては、他人の命などとても構ってはいられない。

元々仲間意識など薄い連中だ。よって、自分が生き残るためなら、いとも簡単に裏切る。

ケプラたちが死んだところで、どうということはなかった。

このタイミングでブレスを吐かれれば、たとえ高速詠唱で魔法を放とうとも間に合うはずがない。

勝利を確信し、ウーノットは口の端をつり上げて叫ぶ。

「フハハハ、全員へドロのように朽《く》ちるがいい！」

だが次の瞬間、その表情が絶望に変わる。

なんと、一瞬にして三体の飢える腐蝕竜《ディバウアードレイク》が叩き潰されたからだ。

いつの間にか、リュークはその手に巨大な戦斧を握っていた。それは人間では到底持てないと思えるほどの大斧――トロールデビルを倒したときに手に入れた『滅潰の魔戦斧』だった。

その能力『念動爆風《サイコブラスト》』を使って、リュークは腐蝕ブレスごと飢える腐蝕竜《ディバウアードレイク》を叩き潰したのだ。

人間を完全に超えた強さに、もはや言葉も出ないその場の一同。

「ば………化け物……。こんな怪物だなんて私は聞いてない！　た、助けて、ああ命だけは……」

サクヤを人質に取る――などとは微塵も思いつかないウーノット。

というより、もしそんなことをすれば、塵《ちり》も遺《のこ》さずにこの世から消される……怒りの炎を燃やすリュークは、そんな恐怖を与えるような存在になっていた。

とにかく、命乞いをしながら背を見せるウーノットだが、もちろんリュークは容赦しない。力の限り……いや、それでは死んでしまうので、死なない程度に手加減してぶっ飛ばす。

衝撃で無様に壁に張り付いたウーノットは、あばらは全壊したうえ、首の骨まで折れたかもしれないが、かろうじて生きているようだ。

暗殺者たちを全員気絶させたあと、リュークは七部衆《みんな》のところに向かうのだった。

3. リュークの弱点？

「みんな、大丈夫か⁉　遅れて本当にすまない」

暗殺者たちを片付けたあと、オレは急いで七部衆たちのもとに駆け寄る。

「何を言う！　詫びねばならぬのは我らのほうだ。おぬしには誠にすまぬことをした」

オレの言葉に対し、マンジが心底申し訳なさそうに謝罪してきた。ほかのみんなも、地に転がった姿勢で同意している。

どうやら完全に誤解は解けているみたいだな。ただ、みんなの救出が遅れたのはオレの責任だ。

サクヤの命令通りに待機してたら、あの狼煙にはもっと早く気付けたのだから。

オレが勝手な行動をしなければ、みんなをこんな目に遭わせることもなかったんだ。

拷問によって全身の骨を砕かれている七部衆たちは、未だその場から少しも動けずにいた。

一秒でも早くその苦しみから助けてあげるため、オレはアイテムボックスからエリクサーを取り出し、一人ずつ飲ませて回る。

「お、おい、こりゃあエリクサーじゃねえか⁉　こんな希少な回復アイテムをいくつも持ってるなんて、お前やっぱ普通じゃねーな！」

まず最初に飲んだコジロウの傷が完治すると、目を丸くして驚きの声を上げた。

確かに、エリクサーを大量に持ってるヤツなんてまずいないだろうな。

ゲスニクの街にある冒険者ギルドではたまたま一つだけ入荷していたが、エリクサーを置いてない店も多い。価格も飛び抜けて高額なため、Sランクの冒険者チームですら持ってるのが珍しいほどだ。

「こんなになるまで拷問に耐えるなんて……オレのことなんて、教えても良かったのに」

オレはテッサイにエリクサーを飲ませながら話しかける。

いくらオレが重要な役割を担ってるとはいえ、ここまで拷問に耐えるのは並大抵の覚悟じゃできない。死ぬよりも遥かに苦しかっただろう。

もしオレがこんな苛烈《かれつ》な拷問を受けたら、果たして黙っていられるかどうか……

「バッカヤロー、わいらが仲間のことを売ると思ってるのか!?　……って言いたいところだが、サクヤの窮地を見て、わいは思わずお前を裏切ろうとしちまった。すまねえ……」

重傷から回復したテッサイが、申し訳なさそうに頭を下げる。

仲間、か……オレのことを認めてくれたんだな。

いや、すでに仲間と思ってくれてたんだ。だから命を張ってくれた。

ひとりぼっちだったオレにまた信頼できる仲間ができて、思わず胸が熱くなる。

「それにしても、お前さんがこれほど強いなんて、夢にも思わんかったぞい。ラスティオンも実力でねじ伏せたんじゃろ？」

「あ～ええ、まあ……」

ロクベエさんに訊かれて、歯切れ悪く答えてしまった。

みんなを騙してたみたいでちょっとバツが悪く感じたからだ。

とはいえ、正直に言ったところで、信じてもらえそうもない雰囲気だったしなあ。

「ワシもおぬしの強さを見誤ってしまった。一生の不覚では足りぬほどの失態だ。赦《ゆる》してもらおうとは思わぬが、おぬしに心より恩義を感じていることはどうか分かってくれ」

「いや、別に赦すとか赦さないとか、そんな思いはないですよ？」

あの気難しいゲンアンに深々と頭を下げられて、オレはあたふたと焦ってしまった。

ゲンアンとは親子くらい歳が離れてるから、改めて恐縮されるとオレもどう返していいか悩んでしまう。でもオレの言葉を聞いて安堵したのか、固かったゲンアンの表情がフッとゆるんだ。

「しかし、本当にたまげたぞ。俺様より怪力なヤツがいるとは思わなかったからな。天下無双の剛力と自負していたが、その看板を下ろさにゃならんようだ」

怪我が全快し、すっかり落ち着きを取り戻したカブトマルがニヤリと笑う。

男たちはこれで全員回復したので、最後にサクヤのところへ行き、その拘束を解いたあと、破かれた服の上から上着を被せてあげる。

「大丈夫だったか、サクヤ。よく頑張ったな」

オレの言葉を聞いたサクヤは、ゆっくりと立ち上がってオレの顔を見つめる。

その直後、不意に表情が崩れて、両目からボロボロと涙を溢れさせた。

「リュ……リュークごめんなさいっ、あーし、あーし…………」

サクヤが声を詰まらせながら言葉を出す。

そしてしばらく無言になったかと思うと、いきなりオレの胸に飛び込んできて大声で泣き始めた。

「お、おいサクヤ……？」

サクヤはオレの声が聞こえてないかのようにわんわんと泣いている。

あの気の強いサクヤがこんな姿を見せるなんて……ど、どうすりゃいいんだコレ⁉

女の子に泣かれたことなんてないから、オレは硬直したままパニックになる。

だ、抱きしめたりしたほうがいいのかな……？

「なんだリューク、女の扱いは苦手か？　オイラが教えてやってもいいぜ？」

「戦闘は強くてもまだまだガキってことだな」

コジロウとテッサイがニヤニヤしながらオレを茶化す。

くそっ、図星すぎて何も言い返せねえ。ジーナたちに翻弄されたトラウマまでフラッシュバックしてきたぞ。

緊張で何もできないまま立ち尽くしてると、サクヤの泣き声がだんだん小さくなり、いつとはなしに静かになっていた。

そしてオレの胸から顔を離すと、涙の跡をくっきり残したまま爽やかに笑った。

「あ〜スッキリしたぜ！　こんなに泣いたのはガキの頃以来だ。お前の服を手ぬぐい代わりにして悪かったなリューク」

そう言いながら鼻のアタマを指でこすったサクヤは、普段の顔に戻っていた。

一瞬どうなることかと心配したが、もう大丈夫だろう。

「さて、じゃあアイツらをふん縛《じば》るか！」

サクヤのかけ声を合図に、オレたちは気絶している暗殺者たちを縄で縛り上げた。

4．幸運の動物

「よし、じゃあ改めて『クラティオ苔』の探索を開始するぞ！」

出発の準備を整えたサクヤが号令をかける。

暗殺者たちとの戦闘を終えた翌日。朝食を済ませたオレたちは、『クラティオ苔』が生えていたという洞窟探しを再開することに。

ちなみに昨日捕らえた暗殺者たちは、ガッツリ縛り上げたあと、重傷となっていた体をほんの少し治してやった。それにより、一応命に別状はない程度には回復している。

ヤツらには、今回の黒幕について問いただしてみたが、当然口を割るようなことはなかった。なんとか聞き出したいところではあるが、もちろんオレたちは拷問などをするつもりはない。

まあ連れて帰れば、恐らく何か分かるだろう。というより、そもそも暗殺者《コイツ》らの証言なんてなくても、王様の解毒剤が完成すれば全て解決するはず。

王妃が王様に与えた惚れ薬の効果もボチボチ切れるだろうし、王様さえ回復すれば王妃たちは終わりだ。だからこの場で暗殺者を始末しても問題ないくらいなのだが、無益な殺生《せっしょう》はしたくないし、証拠は一つでも多いほうがいい。

ということで生かしてあるのだが、さすがにコイツらを探索には連れていけない。よってこの洞窟に監禁して、ロクベエさんが監視役としてここに残り、オレたち七人で探索に行くことになった。

暗殺者たちは未だまともに動けないため、戦闘などできない状態ではあるが、万が一のことも考えて、オレはロクベエさんの護衛を作ることにした。

「目覚めよ土塊《つちくれ》。空を掻き、地を踏みしめて立ち上がれ。『魔導兵創造《クリエイト・ゴーレム》』！」

ニグロムという暗殺者からコピーしたギフト『魔導兵主《パペットマスター》』の能力を発動すると、洞窟の地面がモコモコと盛り上がり、体長四メートルほどの『土魔導兵《クレイゴーレム》』が生まれ出た。

ゴリアテと呼ばれていたヤツは『鋼鉄魔導兵《アイアンゴーレム》』だったが、大量の金属がこの場にはないから土で製作してみた。

正確には、破壊されたゴリアテの金属はあるのだが、実は一度ゴーレム化した物質は、二度と利用することができない性質になってしまう。つまり、ゴリアテの残骸からは新しくゴーレムを作ることはできない。

『スマホ』で希少金属《レアメタル》を大量に出力するという手もあるんだが、あまり能力を見せすぎるのも少々まずいかなと……

まあ土でできているとはいえ、ニグロムよりも遥かに能力の高いオレが作ったゴーレムだから、ゴリアテの性能を大きく超えているけどな。

「リュ、リューク、お前こんなこともできるのか!?」

「まったくお前ってヤツは、本当に底の知れない力を持ってるな……」

コジロウやテッサイを始め、七部衆たち全員が驚きの声を上げた。

一応みんなには、『スマホ』のことをごまかしつつオレの能力は話してある。

「ば、ば、馬鹿なっ、ワシと同じギフトを持っているじゃと!? いや、そんなはずはない、いったいどういうことじゃ!?」

「に……人間じゃねえ……。アルマカインにこんな化け物がいるなんて聞いてねえぞ」

ニグロムとケプラが絶望的な声を出している。

暗殺者たちは拘束から抜け出すことすら不可能だとは思うが、これくらい力の差を見せつけておけば、多分無駄なあがきもしないだろう。

もちろん、ヤツらの特殊能力も封じてあるし。

「ロクベエさん、このゴーレムを置いていきますので、暗殺者たちが余計なことをしようとしたらすぐに懲《こ》らしめてやってください。言うこと聞かないなら殺しちゃってもいいですよ」

「ほほっ、任せておけ。コイツらは吾輩がしっかり見張っておくから、安心して行くがいい」

オレの『殺しちゃってもいい』という言葉に、暗殺者たちがギクリとした反応を見せる。

このゴーレム以外にも、ロクベエさんには反撃用の魔導具を山ほど渡してある。夜にはまたオレたちも戻ってくるし、まず問題が起こることはないはずだ。

「じゃあロク爺、あとをよろしくな！」

サクヤの言葉とともに、オレたちは洞窟をあとにした。

☆

『クラティオ苔』を見つけるため、オレたちは木々の生い茂る山腹《さんぷく》を駆け回るが、やはり思ったようには上手くいかない。ここなら生えていそうだという洞窟でも不発に終わってしまう。

昨日、オレと七部衆たちは分かれて探索したが、また二手に分かれるという考えはなかった。

手分けすれば確かに効率はいいが、やはり安全第一。みんなでともに行動したほうがいいという結論だ。

ちなみに、七部衆たちの装備は、『スマホ』の合成機能でパワーアップしてある。各自が使い慣れた愛用の武器に特殊効果を付与し、防具はダメージカットを中心に性能を強化した。

この魔導装備によって、みんなの戦闘力は大幅に上がっている。そしてエリクサーも一人一つずつ渡してあるから、何かあっても簡単にはやられないはずだ。

最初からこうしておけば良かったたな。まあ、これでもあの暗殺者たちに勝てたかどうかは微妙なところだが。

「……この洞窟にもなかったたか。これほど探しても見つからないなんて、すでにこの辺りにはないのかもしれない……」

また一つ探索が無駄に終わり、サクヤが少し弱音を吐く。ほかの七部衆たちも同じ思いを感じているように見える。

洞窟は多々あるが、条件に当てはまるようなものはだいぶ少なくなってきた。

『クラティオ苔』がこの辺りで発見されたのは百年前だ。すでになくなっている可能性もあるわけで、もしここにはもうないのなら、いつまでも時間を無駄にするわけにはいかない。

どこかで諦める決断もしなくてはならない。

「サクヤ、疑うわけじゃないが、文献に書いてあった場所は本当にここで合ってるのか？　勘違いしてるなんてことは……？」

今さらながら、場所を間違ってないかどうか確認してみる。

「いや、それは大丈夫だ。ただし、文献が正しく書かれているならだけどな」

なるほど、何かの手違いで、文献が間違ってる可能性もあるのか。

もしそうだとしても、正しい場所が分からない以上は、ここを愚直に探す以外に手はない。

あとはどこまで粘るかだが……それこそ、小さな洞穴なんかは無数にある。まさかこれを全部調べるわけにはいかないし、さてどうすればいいやら……


結局、本日も見つけることができず、そろそろ引き上げる時間が近付いてきた。オレの中では、あと二日粘っても無理なら、一度王都に戻って新たな手を考えようかと思っている。

暗殺者たちを連れて帰れば、状況はきっと進展する。王妃が観念して、解毒剤をくれる可能性だってある。

……まあその望みは薄いが。

『クラティオ苔』がなければ王妃だって解毒剤を作れないわけだし、持っているとはとても思えない。ただ、『クラティオ苔』に関する新たな情報が入ってるかもしれないし、ここでいたずらに時間を潰すよりはマシだろう。

そんなことを考えていると、先頭を走るテッサイが不意に声を上げた。

「おっと、珍しいヤツがいるぞ！」

一瞬また敵が待ち受けていたのかと思ったら、そこにいたのは、小さな白い生き物だった。

『スマホ』の危険探知にも引っかからないから、モンスターではなく無害の通常動物だ。

えっと、コイツは見たことはないけど、前世の記憶に思い当たるのがいるぞ。確か……『タヌキ』……だったかな？　記憶では茶色い動物なんだが、その『タヌキ』ってヤツに似てる。

「おっ、ホワイトラクーンじゃねえか！　こんなところでも生きていけるなんてさすがだな！」

「あーしも初めて見たぜ。うひゃー可愛い！」

サクヤが少女のような顔になって、ホワイトラクーンという動物に近付く。

それにしても、凶悪なモンスターだらけの山中に、こんな普通の動物が棲息してるなんて驚きだ。

そういや、今コジロウが変なこと言ってたな。

「コジロウ、今この動物のことをさすがって言ってたけど、どういう意味だ？」

「なんだリューク、相変わらずお前はこういうことに疎《うと》いな。ホワイトラクーンってのはその地のことを知り尽くしている動物で、モンスターにも滅多に襲われることはないから、こんな場所でも平気で生活できるってわけさ」

「そうそう。それに旅人を安全な地に導いてくれるから、『旅の案内人』とか『山の道祖神《どうそじん》』なんて言われてるんだぜ。希少《レア》な動物だから、出会っただけでも幸運を呼ぶって言われてるくらいだ」

コジロウとテッサイがオレの質問に答えてくれる。へえ～こんなちっこいのに凄いんだなあ。

何よりホントに可愛いな。人懐っこいし、見ているだけで癒されるぜ。

今日一日の疲れが吹っ飛ぶ思いだ。

あのサクヤも、任務を忘れてホワイトラクーンを撫でまくっている。

幸運を呼ぶ動物か……これで『クラティオ苔』も見つかってくれればいいんだが。

…………待てよ!?　その地のことを知り尽くしている動物ってことは、このホワイトラクーンなら『クラティオ苔』のことも知ってるんじゃないのか？

「サクヤ、そのホワイトラクーンちょっと借りていいかな？」

モフモフのお腹を撫でながらじゃれてるサクヤを一度止め、ゴロンとひっくり返ってるホワイトラクーンを抱き上げてその場を移動する。

おおっ、毛がふかふかで触り心地が最高だな。体もふにゃんと柔らかくてめちゃくちゃ可愛い。

こりゃサクヤが夢中になるのも分かるぜ。メスかな？

みんなから離れた場所でホワイトラクーンを地面に下ろしたあと、『スマホ』の翻訳機能を使って話しかけた。

「ンニャア、ミャウミャウ（オレはリューク。ちょっと聞きたいことがあるんだがいいかな？）」

オレのタヌキ語（？）を聞いて、ホワイトラクーンはちょっと驚いたような反応を見せたあと、言葉を返してきた。

「クゥー、ミャアミャア。フミィーッ（坊主、お前オレっちと話せるなんて変な人間だな。それはともかく、なんで邪魔しやがった！）」

おわっ、なんだコイツ!?　可愛い外見してるから『わたし』とか『ボク』とでも言うかと思ったら、オッサンみたいな口調だぞ？

それにオレのことを『坊主』だなんて呼びやがった。態度も、サクヤとじゃれてたときは甘えん坊な様子だったのに、オレと二人だけになったらふてぶてしい仕草をし始めたし。

気を取り直して、またホワイトラクーンに話しかける。

「フニュー、ミャミャミャ？（別に邪魔したつもりはないんだが、オレが何かしたかな？）」

「フミィー、フミィーッ！（人間のメスを口説いてたのに、お前が引き離しやがっただろうが！）」

人間のメス⁉　口説いてた⁉　何言ってんだコイツ⁉

もう頭痛くなってきた。とりあえず聞きたいことを聞いてみるか。

「ミャミャ、クー、ミャアアン？（『クラティオ苔』っていう赤茶色の苔を探してるんだが、生えてる場所を知らないかな？）」

「フニュー、ミャア（さぁね、オレっちにはよく分からねえな）」

面倒くさそうにそう言いながら、ホワイトラクーンは肘枕をして寝っ転がる。それはまるで意地悪な人間のような仕草だった。

あまりの生意気ぶりに、こんな動物なんているのかとかなり面食らってしまう。

しかし、確かに知能は高そうに見える。こんな危険な山奥に棲めるだけの知恵はありそうだ。

そして今『クラティオ苔』を知らないような素振りを見せたが、どうもウソをついている気がしてならない。ちゃんと問いただしてみたほうがいいだろう。

「ンミィー？（用が済んだなら、オレっちはメスのところに戻るぜ）」

「ミュッ、ミィー？（ちょっと待ってくれ。なんでそんなにサクヤのところに行きたがるんだ？）」

「フミィー、ミャアミャアキュー。ミャミャアン（決まってるだろ。人間のメスはいい匂いがするし、構ってやれば美味しい食い物とかもくれるからな。お前たちオスは臭《くさ》いから嫌いだ）」

なんだと？　そんな理由で？　っていうか、こんな利己的な性格なのに、『旅の案内人』とか『山の道祖神』なんていう立派なニックネームはどこから付いたんだ？

色々と疑問に思うことを、このホワイトラクーンにちょっと聞いてみる。

すると……

「ンミミッ!?　ミアミアミュー、ンニャア、ミャミャミャン（人間たちはオレっちたちのことをそんな風に見てるのか？　オレっちたちは、人間のメスに優しくすれば食い物たくさんもらえるから、道案内とかしてやってるんだ。迷ってるのがオスだけなら放っておくぜ。オスは気が利かねえから、助けてもロクな食い物くれねえし）」

なんと、衝撃の事実を知る。

人間に親切で見た目も超可愛いホワイトラクーンが、こんなに打算的な性格だったとは……

まあ性格が悪いのはコイツだけかもしれないけど。

「ミャア、クゥーン（そういうわけで、お前と話すことは何もねえ。じゃあな坊主）」

「ミャッ、キュウー？　ミャウミャウン（待て！　美味しい食い物が欲しいんだろ？　ならオレが山ほどやるから、オレの話をもう少し聞いてくれ）」

オレの言葉を聞いて、サクヤのもとに行きかけたホワイトラクーンがその場に立ち止まった。

「ンニャッ？　ミィミィー！（美味しい食い物だと⁉　じゃあ光るプイプイの実をくれ！）」

プイプイの実ってなんだ？　聞いたことないぞ？『スマホ』が上手く翻訳できなかったのか？

まいったな、これじゃどの実のことなのか分からない……と思ったが、光る実ということは、ひょっとして『カリディアの実』か？

オレは光る『カリディアの実』を取り出して、ホワイトラクーンに見せる。

「ンミャアアアー！　ミィミイミャミャッ！（おおーっ、光るプイプイの実を持ってるなんて、凄いじゃないか坊主！　そいつを寄越せば、話くらいは聞いてやる！）」

やっぱりコレで合ってたか。

オレは『カリディアの実』をコピーで増やし、ホワイトラクーンに一つずつ渡していく。

「ミャウッ！　フミミミィッ！（マ、マジか⁉　光るプイプイの実がこんなにたくさん！　人間のオスを見直したぞ！）」

ホワイトラクーンはオレから実を受け取ると、次から次へとボリボリかじっていく。

あーなんか甘い匂いが漂ってくるな。確かに美味しそうだ。

ホワイトラクーンはひとしきり実を食べたあと、満足したのか毛繕いを始めた。

「ンミュミュ。フミミィー（こんなに食ったのは初めてだぜ。坊主、お前なかなか使えるヤツだな）」

「フニュー（それじゃ、オレの話を……）」

「ミュッ、ンミュゥ……（まあ待て焦るな。そうだな、次はテルテロの種を……）」
コ、コイツ、『カリディアの実』だけじゃ満足せず、まだオレからタカろうってか!?
時間に余裕があればいくらでも願いを叶えてやってもいいんだが、あんまりモタモタしてる状況じゃないんでな。これ以上つけあがらせるとますます面倒なことになりそうなので、オレはホワイトラクーンの首根っこを掴み、そのおでこに指をグリグリと押し付ける。

「ンンミュ、ミュ――――ッ！（いい加減にしろ……ご褒美をやってもいいが、それはまずオレの話を聞いてからだ！）」

「ミィミィ、キュウウーン！（お、おい、よせっ、やめろっ！　オレっちが悪かった！）」

「何やってんだリューク、いじめちゃ可哀想じゃねえか！」

嫌がるホワイトラクーンの鳴き声を聞いて、サクヤが慌ててこっちに駆け寄り、オレからホワイトラクーンを奪い取って抱きしめた。

「いやサクヤ、そいつはお前が思ってるような可愛いヤツじゃ……」

「ンミャン、ンミャミャーン」

「ほら見ろ、怯えてるじゃないか。可哀想に……よしよし、あーしが守ってやるからな！」

サクヤがホワイトラクーンの頭を撫で撫でする。

ちなみに、今ホワイトラクーンが言ったのは、「やっぱ人間のメスはいい匂いだぜ。乳も柔らかいし」だ。まったく同情する気が失せる。

「ンミャッ、ミャウ。フニャニャ、ンミュ、キュキューン（仕方ねえ坊主、このメスの乳に免じて、話だけは聞いてやるよ。オレっちの名は『ポンティエロ・サジェッツァ・オーディシアス・エスピエーグル』だ）」

「ンミッ、ミュ…………ポン……えっ、なんだって？」

「どうしたリューク？」

ホワイトラクーンとオレが変なコミュニケーションを取っているのを見て、サクヤが不思議そうに尋ねてきた。

「いや、コイツの名前がよく聞き取れなくてちょっとビックリしたんだ」

「名前って……？　ひょっとしてリューク、お前ホワイトラクーンと会話ができるのか？」

「ああ、まあそんなところだ」

こうなったら隠しきれそうもないので、また一つオレの能力を教えてしまう。

でも、サクヤたちはもう驚かないようだ。むしろ、少し呆れてるような感じかな？

まあこんなに色々能力持ってるヤツなんて、まずいないからな。

「んで、この子の名前はなんつーんだ？」

「それが……ポンタ？　……って名前らしいぞ」

長すぎてまったく覚えてないんで、名前の頭だけ取って勝手に名付けた。

どうせこのホワイトラクーンには分からないだろうし……と思ったが、コイツは勘がいいらしく、会話の雰囲気でバレてしまった。

「ンミィー、ミャッ！　フニャニャッ、ンミュ……（坊主、てめー適当な名前教えやがったな？　オレっちには分かるぞ！　ちゃんとフルネーム、ポンティエロ・サジェッツァ・オーディ……）」

「ポンタ⁉　可愛い名前だなおい！」

サクヤがギュッとホワイトラクーン……ポンタを抱きしめる。どうやら気に入ったらしい。

自分でつけといてなんだが、ポンタっていい名前かな？　サクヤのセンスがよく分からん。

「ミャア、クゥーン（……ちっ、仕方ねーな。ポンタ《それ》で構わねえよ）」

サクヤの喜ぶ姿を見て、ポンタがしぶしぶ受け入れる。

サクヤの無邪気さに救われたな。あんな長い名前なんて、とても呼んでられないぜ。

ともあれ、なかなか面倒なヤツで、先が思いやられるところだ。

機嫌を直したポンタに、オレたちの目的を詳しく話した。

☆

「ンミャア、ミィミィー（ここがオレっちのひいひいひいじいさんが言ってた場所だ）」

オレたちはポンタの案内で、ある場所に来ていた。

そこは数十年前に山崩れがあったらしく、周囲とは少し景観が変わっていた。

かなり年月が経っているので、崩れた土砂の上にはすでに新たな植物が生い茂っていたが、注意して見ればその痕跡を窺うことができる。

ポンタいわく、この辺りの土の下に洞窟が埋もれてるらしいとのこと。ポンタ自身はもちろん入ったことはないが、その洞窟の奥にとびきり珍しい苔が生えていると、ひいひいひいじいさんからずっと伝えられてきたらしい。

なるほど、洞窟の入り口が埋まってるんじゃ、オレたちがいくら探しても見つけられなかったのは当然だ。ここが『クラティオ苔』の生えている洞窟と決まったわけではないが、かなり有力な情報だと思う。

とはいえ、この下に本当に洞窟があるのかは、確かめてみないと分からないところだが。

「おい、案内してくれたのはありがたいが、ここら一帯を掘り返すなんて到底無理だぜ？」

「どこか別の入り口を探すしかないが、果たしてあるのかどうか……」

コジロウとテッサイが少し気落ちしたように溜め息をつく。山崩れはかなり広範囲にわたっているので、いったいどの辺りに入り口が埋もれているのか見当もつかないからだ。

しかし、オレなら掘り返さずとも入り口を見つけることが可能だ。

オレは『スマホ』のマップ機能で、この辺りの地形を調べた。

先日『スマホ』が進化したときに覚えたマップの新機能は、迷宮《ダンジョン》の通路すら明確にすることができる。土に埋もれていようとも、その下の入り口を探すのは難しいことじゃない。

オレはマップを確認しながら周囲を歩き回る。七部衆のみんなは、そんなオレの奇異な行動を興味津々に見つめている。

（……あったぞ！　コレじゃないのか!?）

少し離れた場所の土中に空洞があることが分かり、オレの胸が高鳴る。

「みんな、あっちに入り口らしい反応を見つけた。行ってみよう」

「お、おいリューク、お前地面の下の探知までできるのか!?」

「まったく、お前には不可能がない気がしてきたぜ……」

オレの言葉を聞いて、サクヤとコジロウが驚きの声を上げた。ただ、まだ発見できたわけじゃないので、みんな半信半疑といった表情でその場に向かう。


着いてみると、やはりその空洞は奥深く続いている通路だった。

何はともあれ、実際に確かめてみないとな。

「大地を抉《えぐ》れ！　『地形竜咬掘削《ディグ・クレーター》』っ！」

オレは第三階級の土属性魔法を放ち、この辺りの地面を大きく掘り返した。

「おまっ、そんな強力な土魔法まで……もう呆れて言葉もねーよ」

驚きっぱなしのコジロウを背に、オレは土中から現れた穴を確認する。

それは地中のガス空洞や地下水の通り道などではなく、洞窟で間違いなかった。

ポンタのひいひいひいじいさんが言ってたことは本当だった！　ということは、とびきり珍しい苔があるというのも信憑性《しんぴょうせい》が高い。

「ミャウーミャ！（お手柄だぞポンタ！）」

「クーン、ミュミュッ（へへっ、なら褒美をたんまり頼むぜ）」

「フミィーミャア（ああ、光るプイプイの実を好きなだけやるよ）」

ポンタが実をかじってる間、オレたちは入り口を注意深く覗いて観察する。

なんとなくの感覚でしかないんだが、今までの洞窟とは明らかに違う雰囲気を感じる。ほかのみんなも同じことを思っているみたいで、これまでにないほどの緊張感が漂っていた。

ここに『クラティオ苔』がないのなら、もうこの山では見つからないだろう。

オレたちは改めて準備を整え、洞窟の中へと進入した。

☆

「大丈夫だ、敵の気配は何も感じない」

テッサイを先頭に、オレたちは通路を奥へと進んでいく。

何が起こるか分からないため、オレは部隊の中央にいた。前後どちらから敵が来ても、素早く対応するためだ。

ただ、テッサイの『領域監視《テリトリーサーチ》』には何も反応はないし、オレの『スマホ』でも危険なものは探知してない。ここは長いこと土中に埋もれていたし、モンスターなどはいないとは思うが、気になるのはやはり『闇の死神』の存在だ。

モンスターは人間が生存できないような特殊条件下でも、難なく生き延びることができる。

代表的なのはアンデッドだ。ヤツらは食料も空気も必要としない、まさしく不死の存在だし。

よってこんな土中でも、『闇の死神』が生き延びている可能性は充分ある。絶対に警戒を怠るわけにはいかない。

洞窟内には毒ガスなどが溜まっていることもなく、オレたちの進みは順調だったが、今のところ『クラティオ苔』を見つけることはできなかった。

このまま発見できずに最奥まで到達したら……という不安に襲われるが、なんとなくその最奥にあるような予感もあった。

希望と不安をない交ぜにしながら、オレたちは進み続ける。

穴の大きさから考える以上に奥は深く、かなり進んだにも拘わらず未だ最奥に到達することはなかったが、ふと地面をヒョコヒョコ走っていたポンタが鳴き声を上げた。

「ミャミャミャー？（んん？　なんだかいい匂いがするぜ⁉）」

ポンタに言われ、オレも『嗅覚』スキルを発動して嗅いでみた。

……なるほど、何かふわっとしたいい匂いがするな。美味しそうとかじゃなく、自然にリラックスできるような優しい香りだ。

敵の気配はないが、念のため『スマホ』でも確かめてみると、特に反応はなし。

オレたちは顔を見合わせて、匂いのもとへと急いだ。


「こ……これは……凄い」

サクヤが魂を抜かれたような表情をしながら呟く。

通路は奥に行くほど広がり、そしてついに最奥に到達すると、そこには幻想的な空間が広がっていた。広さ五十メートル四方ほど、そして天井は高さ二十メートルくらいありそうな部屋一面の壁が、緑や青、黄土色に紫、ピンクといった様々な色で彩られていたからだ。

洞窟の中は真っ暗闇ではなく、一応うっすらと周囲が見える程度の明るさがあるのだが、オレたちは『暗視』スキルを持っているため、はっきりと見通すことができる。

多彩な色が広がっている美しさは、さながら虹がかかっているようだった。

「コレは……まさか全部苔なのか!?」

マンジが壁に近付き、色の正体を確かめる。

オレも『スマホ』で分析してみたが、マンジの言う通りコレは全て苔だ。つまり、この部屋全面に、色とりどりの苔が生えているのだった。

そもそも日光のない場所では苔は生えづらいのに、これほど大群生してるってことは、この洞窟はなんらかの条件が整っていて苔の生育に向いているのだろう。苔の楽園というわけだ。

「ここなら絶対に『クラティオ苔』があるぜ！」

「ああ、みんな探すぞ！」

サクヤの号令で、七部衆たちはそれぞれが壁に走った。

周囲は彼らに任せ、オレは天井を見てみることに。

『飛翔《フライ》』で空中に上がり、天井をくまなく探していく。

ほどなくすると、でこぼこした岩肌の隙間に、赤茶色の苔が生えているのを発見した。

自分を落ち着けるためオレは一つ大きく呼吸し、高鳴る胸を抑えつつ写真に撮って解析してみると、ズバリ『クラティオ苔』だった！

あまりの達成感に、緊張でこわばってた全身からスーッと力が抜けていく。

「みんな、『クラティオ苔』を採取したぞ！」

「ホントかリューク⁉」

「やったぜーっ！」

オレが上空から報告すると、サクヤ、コジロウのほか、みんなから歓喜の声が上がった。

全員この上なく安堵した表情を見せている。

色々なことがあったが、これで無事任務完了だ！

さて、目的は達成したので、こんなところに長居は無用。洞窟から出るために、とりあえずオレは地上に降りようとしたところ、突然思いもよらない声が上がる。

「な、なんだコッ…………」

声を上げたのはテッサイだった。

「テ、テッサイ!?　どうした、何があった!?」

即座に声のしたほうに向かってサクヤが叫んだが、そこには誰もいなかった。

オレも直前までテッサイの姿は確認していた。みんなより少し奥にいただけだ。

それが一瞬でいなくなっている。

テッサイが……消えた!?

5．山の神様

「みんなその場を動くな！」

オレはとっさに七部衆たちに向かって指示を出す。

テッサイが消えたことに衝撃を受けるが、迂闊に近寄っては危険だ。

敵の探知に関してなら、テッサイはSランク冒険者以上の能力がある。そのテッサイが、簡単に敵の接近を許すとは思えない。

ということは、敵じゃなくて落とし穴か何かの罠かもしれない。

しかし、音などは何もしなかったし、目を離したのもほんの一瞬だ。そんな短時間に、人間一人を消すような罠なんてあるだろうか？

昨日はサクヤを差し置いてオレが命令をしたことで、チームの連係に支障をきたしてしまったが、今回はみんな素直に従ってその場に待機する。

「テッサイが一瞬で消えるなんて……どうするんだリューク!?」

サクヤは慎重に周囲を窺いながら、オレに訊いてきた。

「まずオレが調べてくる。転移トラップ系の罠かもしれない。みんなは警戒を怠らずに待っててくれ」

そう答えてから、オレはテッサイがいた辺りにゆっくり近付いていく。

ただ、転移トラップは迷宮にしか存在しない特殊な罠だ。通常の洞窟にあるとは思えないし、それに罠があったとしても、オレの『スマホ』なら探知できる。

間違いなくここには何もなかった。魔法などが発動した気配もない。

なのにテッサイが消えた。嫌な予感が膨れ上がる。

もしや、『闇の死神』の仕業《しわざ》では……？

人間では絶対に敵わないという存在らしいが、しかし、注意していれば逃げることくらいは可能と思っていた。だがそれは甘い考えだったのかもしれない。

何が起こるか警戒しながら、テッサイがいた辺りを慎重に調べてみたが、怪しいものは何もなかった。

いったいどういうことなんだ⁉

あらゆる可能性を考慮してみたが、こんな現象が起こるようなものなど思いつかなかった。

「……だめだ、何も分からない。いったん集合しよう」

そう言いながらみんなのほうを振り返ると……サクヤ、コジロウ、マンジ、カブトマルの四人しかいない！

「ゲンアンはどこだ⁉」

「えっ、ゲンアン⁉　……いないっ！　さっきまでそこにいたのに⁉」

「ウ、ウソだっ、あーしがまったく気付かないなんて……！」

コジロウやサクヤたちは慌てて周囲を見回す。オレの言葉で、ほかの四人もゲンアンが消えたことに気付いたらしい。

これは罠の類いじゃない。明らかに敵の攻撃だ。

あの暗殺者顔負けの能力を持つゲンアンを、みんなに知られることなく消し去るなんて、完全にただ事じゃない。この謎の現象は、『闇の死神』が起こしているに違いない！

オレを含めた残り五人は、集合するため急いでお互いが駆け寄っていく。

本当に敵は探知できないのか、オレは一度手元の『スマホ』に目をやり、そしてもう一度顔を上げて前を向くと、左前方にいたカブトマルが一瞬で消えていた。

今回はほかのみんなも気付いたようで、信じられないものを目撃して動揺する。

「い、今、カブトマルが闇に溶《と》け込むように消えたぞ⁉」

「こ……こんなの初めて見たぜ！　闇魔法の一種か⁉」

オレは『スマホ』を確認していたため、カブトマルが消えた瞬間は目撃できなかったが、少なくとも『スマホ』の探知には何も反応がなかった。

危険なものならなんでも探知できるはずなんだが、何故反応しないんだ？

もしかして、探知できないほどの遠距離からの攻撃なのか⁉

見えない存在からの攻撃——それは超遠隔攻撃なのか、誰も知らない魔法なのか、それとも呪いの術なのか、はたまたこの部屋に漂う気体に秘密があるのか。

探知すらできないのでは、『スマホ』で写真を撮ることも不可能だ。

「リューク、お前一人でここから逃げろ！　あーしたちが囮《おとり》になって時間を稼ぐ！」

「なに言ってんだサクヤ⁉　そんなことできるわけないだろ！」

サクヤの提案を、慌ててオレは否定する。

「間違えるな！　目的を達成した以上、今最優先にすべきなのは、お前が無事王都に帰ることだ」

「そうだ、我らに構うな！　早く行けっ！」

「安心しろ、オイラたちはこんなところじゃ死なないって」

サクヤ、マンジ、コジロウは、そう言ってオレの退避を促《うなが》す。

死なないなんてことも言っているが、それはオレが躊躇《ちゅうちょ》せず逃げるように、あえて強がりを言っているのだろう。本心はここで死ぬつもりだ。

そんなことはさせたくないし、そして何より、このままではオレでも逃げ切れないかもしれない。

「いや、みんなの気持ちは分かるが、ここで敵を倒すぞ。オレはそれが最善と判断する」

オレは強い意思をもって三人を見つめる。

それが伝わったのか、サクヤたちも覚悟を決めたようだ。

「分かった。お前がそう言うなら、あーしたちも全力で従う。敵《コイツ》を絶対にここで倒す！」

「我らが囮になる。リューク、お前はなんとか敵の正体を見極めてくれ」

「お前に不可能はないと信じてるぜ」

サクヤ、マンジ、コジロウはお互い顔を見合わせて頷き、そして少し離れた場所に三人が立つ。

誰が襲われても、絶対に写真が撮れる距離だ。

三人の覚悟を無駄にしないためにも、オレは限界まで集中して敵の攻撃に備える。

じりじりと緊迫した時間が流れる中、突然ポンタがオレの顔に向かって飛びかかってきた。

「何すんだポンタ!?　邪魔する……」

「ミャウウッ！（危ねえリューク！）」

ポンタを避《よ》けるためにオレの体勢が崩れると、そこに何かの攻撃が突然発現し、飛び込んできたポンタに襲いかかった。

そして闇に呑み込まれるようにポンタの姿が消える。

このオレでも、敵の攻撃にはまったく気付けなかったのに、ポンタには分かったのか⁉

ポンタは普通の動物だ。だからもちろんスキルなんてものは持っていない。

だけど、そんな弱い動物には、危険を察知する野生の本能というのが備わっている。

それはときに、スキルを超えた能力を発揮するのだろう。だからこんな危険な場所でも生きていられるんだ。

ポンタ、男《あいつ》は助けないなんて言ってたくせに……ホワイトラクーンは本当に山の神様だった。

不意を突かれはしたが、今の一瞬はきっちり写真に収めてある。

ポンタ、お前の命懸けの行動は絶対に無駄にはしないぜ！

ポンタやテッサイたちは消えたが、多分まだ生きている気がする。ただの直感だが、一撃死するような攻撃には思えなかったからだ。

よって、すぐに助け出せばきっとなんとかなる。ここからは時間との勝負だ。

「サクヤ、コジロウ、マンジ、素早く動き回って敵を撹乱してくれ！　その間に、オレは敵の分析をする」

「了解だ！　いくぞコジロウ、マンジ！」

「ガッテンだ！　そういうのはオイラの得意分野だぜ！」

「『闇の死神』め、捕まえられるものなら捕まえてみよ！」

三人は待機をやめて、すぐさま周囲を駆け回る。的を絞らせなければ少しは時間が稼げるはずだ。ただ、その場しのぎの作戦だけに、そう長くはもたないだろう。一刻も早く正体を暴かなければ！

オレも立ち止まっていては危険なので、みんな同様に走りながら『スマホ』の写真を解析する。写真はほんの少しタイミングが遅れてしまい、ポンタはすでに消えてしまっていたが、その代わりうっすらと黒いもやみたいなものが写っていた。

闇属性魔法の類いにも見えるが、少なくともオレが習得している第二階級までの闇魔法にはそんなものはない。いったいどういう攻撃なのか？

急いでオレは、黒いもやそのものを分析してみる。すると、とんでもない事実が判明した。

この黒いもや自体が敵の本体だったのだ！

生物と言っていいのか分からないが、この黒いもやのようなものは、暗闇と同化できる能力を持っていた。

その名も闇を呑む者《カオスイーター》。

明るい場所では行動できないみたいだが、その代わり暗闇と同化しているときは、なんと別次元の存在になっているらしい。『スマホ』でも探知できなかったのはこれが理由だった。

対象を呑み込む一瞬だけ実体化し、そしてまた暗闇に潜んでしまう。まさしく『闇の死神』に相応しい能力だ。

こんな存在がいるなんて、なるほど人間じゃ絶対勝てないわけだ……オレ以外にはな。

オレは闇を呑む者《カオスイーター》の能力『暴食の影《グラトニーシャドウ》』をコピーする。

この暗い部屋のどこかに潜んでいるんだろうが、もうオレには通用しないぜ。

オレは周囲を素早く見回す。

「そっこだあああああーっ！」

右前方を駆け回っていたサクヤに一気に近付き、その後ろの黒いもやに右手を突っ込む。

闇を呑む者《カオスイーター》がサクヤを襲おうとしたところを、間一髪オレの手が間に合ったのだ。

『暴食の影《グラトニーシャドウ》』の能力を手に入れたオレなら、闇を呑む者《カオスイーター》を直接掴むことすら可能だった。

「なっ……なんだコイツは⁉」

「コレが『闇の死神』の正体さ」

サクヤが驚きの声を上げる中、オレは右手で闇を呑む者《カオスイーター》を掴んだまま左手をその黒いもやに突っ込み、中のものを引きずり出す。

すると、小さな白い動物が姿を現した。

「ポ……ポンタ⁉　生きているのか⁉」

「ああ、気を失ってるみたいだが無事だ」

ポンタを救い出したあと、オレはさらに手を突っ込み続け、テッサイ、ゲンアン、カブトマルも外に出す。もちろん全員無事だ。

ただ、呼吸はだいぶ弱まっている。もう少し救出が遅れていたら危なかったかもしれない。

「ああ、お前たち……良かった！　さすがリュークだ！」

「サクヤ、喜ぶにはまだ早い。今からこの怪物を倒すから、サクヤとコジロウ、マンジは、気絶しているテッサイたちを連れてここからすぐに離れてくれ！」

「で、でもリューク……」

「オレは絶対大丈夫だ。さあ早く！」

「……分かった。あとは任せる」

サクヤ、コジロウ、マンジは力強く頷き、ポンタやテッサイたちを背負ってこの部屋から出ていく。

この闇を呑む者《カオスイーター》は、闇から引きずり出しても簡単には倒せない。

物理攻撃は無効だし、魔法耐性も高い。コイツを倒すには、ちょっと無茶しないとな。

みんなが離れたことを確認すると、オレはトロールデビルからコピーした能力を発動した。

「『闇の死神』よ、コレを喰らえっ！　『獄炎竜巻波動《ゲヘナ・エクスプロージョン》』っ！」

オレの全身が眩しく輝き、数万度の炎の柱となる。

闇のエネルギー体である闇を呑む者《カオスイーター》は、光と熱に弱い。それを両方兼ね備えたオレの最強の攻撃だ！

　オレに掴まれたまま至近距離で超高熱に灼《や》かれ、闇を呑む者《カオスイーター》の声にならない悲鳴が聞こえてくるようだった。

　苦痛から逃れるため、オレに『暴食の影《グラトニーシャドウ》』を仕掛けてくるが、同じ能力を持つオレにはもう影の攻撃は通じない。

　そして徐々に生命エネルギーが弱まったかと思うと、そのまま存在は消滅していった。

　数百年……いや、ひょっとしたら数千年生きてきた怪物かもしれないが、今この場でとうとう命が尽きたのだ。

　百年前に犠牲になった人と七部衆のみんな、そしてポンタのおかげでオレは勝つことができた。

　オレは素晴らしい仲間たちと『スマホ』に、もう一度心から感謝するのだった。

☆

『闇の死神』の正体闇を呑む者《カオスイーター》を倒したあと、オレは退避したみんなのもとに向かった。

　ほどなくして合流すると、意識を失っていたテッサイたちやポンタは、エリクサーによってすでに無事回復していた。

「リューク、生きてて良かった！　ということは、あの『闇の死神』を倒したんだな!?」

オレの姿を見た七部衆たちは、サクヤを先頭にオレのところに駆け寄ってくる。

「ああ、なんとか勝つことができたよ。本当にみんなのおかげだ、ありがとう」

「何言ってやがる。礼を言うのはこっちだぜ！　あんな怪物を倒すなんて、お前は真の英雄だ！」

コジロウが興奮しながら言葉を発し、それに同意するようにほかのみんなも頷く。

こういうの慣れてないんで、どういう反応をしたらいいのか困ったが、照れ隠しに頭を指で掻いたあと少しだけ胸を張ってみた。

ゲスニクの屋敷を出たあと、いつ野垂《のた》れ死んでもおかしくないと覚悟していたオレだったが、こんなことまでできるようになって本当に感慨深く思っている。

ちなみに、闇を呑む者《カオスイーター》を倒したことにより、オレのレベルは１７０にまで上がっていた。

とうとうアルマカイン最強であるゾンダール将軍のレベル１５７を超えたのだ。

一般的にはレベルが10違えば力差は歴然となり、上位の者にはまず勝てないと言われている。

とはいえ、授かったギフトや取得したスキル、本人の戦闘センスや着けている装備によっても強さは違ってくるが。

一応それに当てはめれば、オレはゾンダール将軍以上の強さを身に付けたわけだ。

いや、世界でもオレより強い人間はもういないかもしれない。

王都で何が待ち受けていようとも、今ならきっと大丈夫。

そしてレベル１５０を超えたことで、『スマホ』はまた新たな能力を覚えた。今でも充分凄すぎる『スマホ』だが、どこまで成長していくのかも楽しみなところだ。

ほかにも、闇を呑む者《カオスイーター》は『完全異常耐性』を持っていたので、それをコピーしたオレは今後状態異常になることはない。

『滅潰の魔戦斧』の能力『念動爆風《サイコブラスト》』については、スキルではなく装備についている特殊効果なので、コピーすることができないのは少し残念かな。

『魔剣・鬼殺し』の能力『カウンター反射』なども同様だ。

『クラティオ苔』を手に入れたことにより、無事全ての素材が揃ったので、念のためこの場で調合してみると『カタラ毒』専用の解毒剤を生成することができた。

これで本当に目的は完了したので、あとは王都に帰るだけ。

それについて、一緒に来ないかとポンタを誘ってみたが、どんなに危険でも、この生まれ育った山で暮らすのがポンタの望みらしい。

名残惜しいが、ポンタには美味しい食材を山ほどあげて、この生意気で可愛い山の神様とはここでさよならすることに。

闇を呑む者《カオスイーター》との戦闘で、周囲に生えていた苔の多くが死滅してしまったが、またいつか苔の楽園になることを祈ってオレたちは洞窟をあとにした。

ロクベエさんの待つ洞窟に戻り、一晩過ごしたあと、翌日王都に向かってオレたちは出発する。

暗殺者たちはもう完全に観念したようで、おとなしくオレたちの指示にしたがっている状態だ。

ぐずぐずしているわけにはいかないので、オレの『土魔導兵《クレイゴーレム》』に暗殺者四人を抱えさせ、そのまま木々をなぎ倒しながら強引に山を下りる。

待機していた馬たちとも合流したあとは、オレとサクヤ二人だけ先に王都に向かうことにした。

まだしばらく王様の状態は安定していると思うが、一刻も早く解毒剤を飲ませてあげたいからな。

余談だが、オレの馬ヘラルドは涙目で待っていた。

よほど怖かったんだろう。まあ無事で何よりだ。

ほかのみんなは、『スマホ』から出した馬車に暗殺者たちを乗せ、あとから追って帰る。可能な限り急ぐらしいが、馬車だとどうしても進みが遅くなるので、みんなは少し遅れて到着する予定だ。

別行動になると心配なところはあるが、オレの『土魔導兵《クレイゴーレム》』も護衛に渡してあるので恐らく問題ないだろう。

翌日夕方、オレとサクヤは王都へ帰り着いたのだった。

第四章　救国の英雄

1．英雄の帰還

オレたちの到着はすぐに王城内にも知らされ、王宮に着く頃には、ジーナたちやヒミカさん、グリムラーゼ王女が、オレとサクヤのことを出迎えるために待っていてくれた。

「お帰りなさいリューク！　あなたのことだからきっと大丈夫だとは思ってたけど、さすがにちょっと心配だったわ」

「まあ色々あったけど、なんとか無事だったよ。そっちは大丈夫だったか？」

「ご覧の通りよ。拍子抜けしちゃうくらい平和だったわ。王妃もおとなしかったしね。それで、目的のものは手に入ったの？」

「もちろんだ！　解毒剤もすでに作ってある。あとは王様に飲ませるだけさ」

「本当ですかリューク様!?　ああ、なんて頼りになるお方……」

オレとジーナの会話を聞いていたグリムラーゼ王女が、解毒剤が完成したことを知って歓喜の声を上げる。ほかのみんなも小躍りするかのように、全身で喜びを表していた。

と、そこで突然オレは左耳を掴まれ、勢いよく引っ張られる。

「いててっ、何すんだサクヤ⁉」

「おいリューク、なんでお前の知り合いは女ばっかなんだよ！」

「そ、そんなこと言われても……」

なんかよく分からんけど、サクヤの機嫌が異常に悪いぞ？

ようやく王都に帰還したってのに、なんで怒ってんだ？

「こらサクヤ！　リューク殿に失礼なことをするでない！　出発前にも、あれほどリューク殿には従順に仕えるよう命じたのに、まさか守ってなかったのではあるまいな⁉　リューク殿は我らの新しい主君になるやもしれんのだぞ」

「リュークが主君⁉　ってことは、グリムラーゼ王女様と結婚するってことか⁉　あーしというものがありながら、リュークお前ってヤツは……！」

えっ、サクヤはいったい何を言ってるんだ？

姉であるヒミカさんに叱られたサクヤが何故か逆ギレした。

さらに、ジーナたちやグリムラーゼ王女まで、どうも不機嫌になっているような気がする。

せっかく無事任務完了して戻ってきたのに、どういう展開になってんの⁉

「リューク、まさかお前またやらかしたんじゃないだろうな？」

「またってなんだ⁉　オレは何もやらかした覚えは……」

「待って、あなたたち二人だけで帰ってきたってことは、昨夜は二人きりで過ごしたんじゃ……？」

ユフィオとキスティーが訝《いぶか》しむように、疑いの目でオレを見る。

もしかして、変なことを想像してる気がするぞ？

「そ、そうだけど？　えっ、別にただ普通に寝ただけだよ？」

「寝ただけというのは、わたくしのときのように添い寝したということでしょうか？　いくらリューク様でも、そのようなことをしたなら許しませんよ」

「し、してませんしてません！　別々のテントで寝ました！　な、サクヤ!?」

グリムラーゼ王女まで超怖いんですが!?

みんなを落ち着かせるため、慌ててオレはサクヤに何もなかったことの同意を求めた。

「ああ、寝るときは別だったぜ。まあ素っ裸は見られちまったけどな」

「素っ裸〜っ!?」

サクヤの言葉を聞いて、全員が驚きの声を上げる。

待て待て、騒ぎを鎮める予定が、サクヤが余計なことを言ったせいで火に油を注いじゃってるぞ!?

「ど、どういう状況になればそういうことになるの？　リュークが服を脱がせたってこと!?」

「まさか、それ以上のことはやってないだろうな!?」

「私たちには手を出さないくせに、ほかの女性にばかりリュークは……！」

ジーナ、ユフィオ、キスティーの怒りパワーが上がっていくのを感じる。

ああこれ、グリムラーゼ王女のときと同じだ。余計なことを言うと絶対にドツボにハマる。

『スマホ』の力でもこのピンチはどうにもならないだろう。

神様タスケテ……

とそのとき、新たな人間が二人この場に現れた。以前一度会ったメルディナ王妃と、もう一人は金髪の青年――マクスウェル王子だった。

オレたちが帰ってきた報せを聞いたんだろう。よほど焦っているのか、二人とも血相《けっそう》を変えて早足で近付いてくる。

「これは王妃様、先日はご無礼を働き大変失礼いたしました。それで、何かご用でしょうか？　オレたちの帰還を歓迎してくださるとか？」

オレは以前の非礼を詫びつつ、少し皮肉まじりに王妃に話しかけた。

「なっ……え、ええ、そうですわ。危険な地へ行くと伺《うかが》ってましたので、よくぞ無事ご帰還されたことと思い……」

「結構苦労しましたよ。変な暗殺者たちがたくさん来ましてね。まあ全員返り討ちにしましたけど」

「返り討ち……それでその者たちは？」

「もちろん捕らえてあります。その証拠に、コレは暗殺者たちが持っていた物です。現在彼らのことは七部衆たちが運んでいますが、早ければ明日にも王都に到着すると思いますよ」

そう言いながら、オレは暗殺者たちから取り上げた持ち物を王妃たちに見せる。

王妃と王子は青ざめた表情で絶句したまま、それを見つめ続けている。

「ああそれと、目的の素材も採取できましたので、すでに解毒剤も作ってあります。すぐにもクラヴィス陛下の体調は良くなるでしょう。これでもう安心ですね、王妃様？」

「え………ええそうね。素晴らしい仕事をしてくれて、あなたには感謝します」

もはや分かりやすいほどメルディナ王妃は動揺していた。自分が発した言葉さえ耳に届いていないように思える。

その横にいるマクスウェル王子も同じような状態だ。

「そうそう、暗殺者たちと対峙したとき、ヤツらが妙な名前を口走ってましたよ。聞き間違えじゃなければ『マクスウェル』とか。まあ王子様のことではないと思いますがね」

「と、当然でしょう。マクスウェルなど珍しい名前ではありませんし」

メルディナ王妃がなんとか関係を否定する。

この辺はお互い情報の探り合いだな。王妃たちとしても、こっちがどこまで情報を掴んでいるのか知りたいところだろう。

「ところで、マクスウェル王子様はかなりお強いとお見受けしました。お持ちの剣も業物《わざもの》ですね。非常に希少な戦闘職『暗黒剣士《あんこくけんし》』といったところですか？」

「な、なにっ⁉」

マクスウェル王子がこの上なく驚く。自分の力を当てられたからだろう。

こっそり『スマホ』で撮って確認していたんだが、王子のレベルは129、持っている剣は魔剣で、そして『剣聖』のギフトながらも闇属性魔法が使える魔導剣士だった。

これは一般的には『暗黒剣士』と呼ばれる戦闘職だが、物騒な名前だからといって別に悪人というわけじゃない。闇系の能力を使って戦うってだけのことだ。

まあマクスウェル王子はまぎれもなく悪人だろうけどな。

「……それは君の勘違いだ。僕は戦うのが苦手でね。高く評価してくれたことには礼を言うよ」

マクスウェル王子は爽やかな笑顔を浮かべながらオレの言葉を否定した。

完全に言い当てられているのに、なかなか強いメンタルしてるな。恐らく能力的に考えてあの暗殺者たちの仲間で、オレたちを襲うように指示したのも多分コイツだ。

ということは、暗殺者たちを詳しく取り調べれば、きっと証拠も見つかるはず。仮に関係を上手くはぐらかされても、王様さえ完治すれば全て解決するだろう。

ここまで来たら焦らず、確実に王妃たちを追い詰めてやる！

「それでは、陛下に解毒剤を飲ませないといけないので、オレたちはこれで失礼します」

そう王妃たちに別れを告げて、オレたちは王様のもとに向かった。

☆

「お父様、リューク様がお薬を完成させましたのでお持ちいたしました」

グリムラーゼ王女が王様の寝室の扉をノックしたあと一声かけると、室内にいた執事がゆっくりと扉を開けてくれる。

そして執事に促されながら、オレとグリムラーゼ王女は王様のベッドのそばに歩いていく。

ベッドに横たわっている王様――クラヴィス陛下の具合は以前と変わってないが、『カタラ毒』の摂取を断《た》っていたので、心なしか顔色は良く見える感じだ。

とはいえ、このままではもちろん先は長くなかっただろうが。

「おお、薬ができたとな。ならば、もうしばらくは余も生きられそうかな?」

「もちろんです。いえ、もうしばらくどころか、まだまだずっと長生きできますよ」

「ほほう、今度の先生は本当に心強い方だ。ここまで励ましてくれる先生は今までおらなんだぞ」

「励ましなんかではありません。事実です。これをお飲みになれば、私の言っていることが嘘ではないと分かります」

そう言って、オレは解毒剤を水に溶いたものを王様に渡す。

王様はそれを受けとると、小鉢を傾けながらゆっくりと飲み込んだ。

すると……

「こ……これはどういうことだ⁉　今までどんな薬を飲んでも何も変化はなかったのに、今の薬を飲んだら手足の痺れが取れ、体の節々の痛みもなくなり、呼吸も楽になった。熱も下がった気がするぞ。これほど良い気分になったのは久々だ」

良かった！　無事解毒剤が効いたようだ。

ここまで来て効果なしだったらどうしようかと思ったぜ。

多分大丈夫だとは信じていたが、世の中に絶対はないからな。

「まさか、余は本当に治ったのか⁉　先生……リューク殿と仰ったか、今の薬で余の病気は完治したのですか？」

「はい。ただ、もうしばらくは安静になさってください。お薬も、一週間ほど続けたほうが良いでしょう」

「な、なんと！　リューク殿には申し訳ないが、余は薬を信じておらなんだ。どうせまた気休めの栄養剤であろうと思うていた。それが、本当に病を治すことができようとは……」

『カタラ毒』が中和されて、すっかり元気になった王様は、ベッドから体を起こしてオレの右手を両手で握った。

病気ではなく毒に冒されていたことは、もう少し状況が落ちついてから話したほうがいいだろう。

「リューク殿、そなたのような名医と出会えたことに余は心から感謝する。そしてグリムラーゼ、これも全てお前のおかげだ。余のためにリューク殿を連れてきてくれて本当にありがとう。お前にはすぐにも王位を継がせるつもりだったが、もう少し余は頑張れそうだ」

「あらお父様ったら、つい先日まで、お義兄《にい》様とわたくしのどちらを選ぼうか悩んでると仰ってましたよ？」

「マクスウェルと!?　馬鹿な、余の跡を継ぐのはお前に決まっておる。……いや待て、確かに余はそんなことを言った覚えもある。何故だ？　実子のグリムラーゼと継子のマクスウェルとでは、継承の重みがまるで違うというのに。むぅ、何か記憶がおかしい。そもそも何故メルディナを娶ったのかも思い出せぬ……」

『カタラ毒』から回復した王様は、惚れ薬の効果も薄くなったようで、正常な思考に戻ってきているみたいだった。

　これは思ったよりも解決は早そうだ。王様の洗脳が解ければ、後ろ盾がなくなった王妃たちはもう自由には動けない。

「……何か記憶が混乱しておる。メルディナとマクスウェルには申し訳ないが、二人にはなんの愛情も感じなくなってしまったのだ。このことについては、あとで結論を出さねばならぬな。今は病が治った喜びに浸ろう。まだまだ長生きすれば、グリムラーゼの花嫁衣装を見ることもできそうだ」

「あら、それならすぐに見られますわ。実はわたくし、リューク様と結婚しようと思っておりますの」

「なんと！　余の知らぬ間に良人《おっと》を見つけておったか。リューク殿は稀に見る才人であるし、余の命の恩人でもあるから、認めぬわけにはいかぬのう」

「ありがとうございますお父様！」

「ちょ、ちょっ、まっ……えええっ⁉」

やられた！　グリムラーゼ王女ってば、ここぞとばかりに王様に嘘を吹き込んじゃって……

こりゃ大変なことになったぞ。しかし、この幸せな空気をぶち壊したくないし、今はおとなしく黙ってるしかないな。

「ああ、ずっと吐き気で食欲がなかったが、今は空腹で倒れそうじゃ。グレゴリアス、食事の用意をさせよ。余は肉が食いたいぞ」

「かしこまりました陛下、すぐに料理長にお伝えします」

王様に指示され、グレゴリアスと呼ばれた執事が一礼して寝室を出ていく。

「ではお父様、わたくしたちもこれで失礼いたします」

グリムラーゼ王女が一声かけてから、オレたちも寝室をあとにする。

出るとき小声で、「王女様、今のことはみんなには内緒でお願いします」と言うと、王女は「二人だけの秘密ですわね」と最高に上機嫌な表情で言葉を返した。

ああもう、せっかく一つ難題が片付いたのに、また頭を悩ませる問題が……

王様の部屋から退室すると、ジーナたちみんなと一緒にゾンダール将軍も待っていた。

オレたちの帰還を知って、急いで駆けつけたんだろう。恐らくヒミカさんから説明を聞いたみたいで、状況は理解しているようだった。

「今グレゴリアス殿が出ていったが、陛下はどうなったのだ⁉　本当に病は治せたのか⁉」

ヒミカさんやジーナたちよりも、真っ先にゾンダール将軍が訊いてきた。

みんながおとなしいのは、将軍を差し置いて発言するのは失礼と思ったんだろう。

「もちろん完治しました。もう命の危険はありません」

オレの報告を聞いて、待っていた全員から安堵の息が漏れる。

「なんと、ラスティオンを捕らえたうえに、このような偉業まで成し遂げるとは……アルマカインに対するおぬしの献身と忠義に、ワシからも礼を言わせてくれ」

「いえ、その、ア、アルマカイン王国の民として、力になれて光栄です」

ああ、こういうの本当にオレは苦手かも。

もっと堂々としたほうがいいんだろうけど、照れちゃって挙動不審になっちまう。一歩間違えたら、怪しいヤツと思われかねないぞ。

おっと、そうだ。せっかくここで将軍と会えたんだから、考えていたことを伝えよう。

「あのゾンダール将軍、僭越《せんえつ》ながら、この王宮の警備を厳重に強化していただきたいのですが……」

「警備を？　言われずとも、この王宮を含めた王城の警備には、日々抜かりなく尽力しておるが？」

「分かっています。でもしばらくの間、これまで以上に陛下を守っていただきたいのです」

「病が治ったばかりというのに、そのようなことを頼んでくるとは、まさか陛下が狙われていると？」

将軍は王様が狙われていることを知って驚く。王妃のことなどは内密にしてたからな。

周囲に王妃の本性を教えることで、逆に王妃たちにこっちの手の内を知られる可能性もあったし、オレがいないときに将軍たちに動かれても困る。だから、オレが戻るまでじっと平穏にしていてほしかったんだ。

今なら話しても大丈夫かもしれないが、まだ王妃が黒幕という証拠を掴んだわけじゃない。よって王妃のことは、将軍には黙っておいたほうがいいだろう。

「ありていに言えばそうです。ただ、狙いの本命はオレだと思います。なので、オレが陛下の近くにいると、陛下も巻き込んでしまうかもしれません。そういうわけで、陛下の護衛は将軍にお願いしたいのです」

暗殺者も捕らえ、王様の毒も治った以上、王妃たちは今さら王様を狙うとは思えない。

こんな状況になっては、仮に王様を殺したところで、もうマクスウェルが王位を継承することなどありえないからだ。それどころか、国王暗殺計画の主犯ということで、王妃たちの立場はもはや風前《ふうぜん》の灯火《ともしび》となっている。

だが、もしもこの状況をひっくり返せるとしたら、やはりオレの暗殺だ。

オレさえいなくなれば、可能性はかなり低いが、王妃たちにもまだチャンスはあるかもしれない。

それに、ゾンダール将軍や親衛隊に警備されている王様よりも、オレを狙うほうが簡単だしな。

とはいえ、万が一ということもある。万全を期すためにも、王様の警備は厳重にしておいたほうがいいだろう。

オレは王様を巻き添えにしないため、しばらくは王宮から離れるつもりだ。

「ふむ……承知した。王城の警備兵を三倍に増やそう。王宮の周囲にはワシの直属の部下である王族親衛隊全員を配備し、陛下の寝室に続く廊下はワシ自身が守るとしよう。たとえ魔神でも通さぬから安心せよ」

「ありがとうございます！　オレは王城を出て街のどこかに泊まりますので、よろしくお願いいたします」

「おぬしに礼を言われるのもおかしな話だ。陛下の護衛はワシの仕事なのだからな」

将軍が少し珍妙《ちんみょう》な表情となって微笑む。

確かに、オレのような男が将軍相手に国王の警備を頼むなんて、差し出がましいを超えて余計なお世話なくらいだ。誰に言われずとも、警備に手を抜くことなんてないのだから。

それなのに、嫌な顔ひとつせずに快諾してくれるなんて、将軍は器が大きい人だな。

これほどの精鋭が守るなら、まず王様は安心だろう。そしてこの警備の中では、王妃たちもこっそり逃げ出すなんてことは無理だろうし、一石二鳥とも言える。

あとは捕らえた暗殺者たちが王都に運ばれてくれれば、全てが解決するのも時間の問題。

もうしばらくの辛抱ってところだ。

「それじゃ皆さん、オレは王宮を出ます。くれぐれも気をつけて」

「こっちは大丈夫よ。リュークも気をつけてね」

「ああ。暗殺者が来たら、片っ端から返り討ちにしてやるよ」

ジーナたちやグリムラーゼ王女、サクヤに別れを告げ、オレは王宮をあとにした。

2. 標的《ターゲット》は？

国王クラヴィスの回復が王城内にいる一部の者たちに伝えられていた頃。

王妃の個室にて、メルディィナとマクスウェルは密かに会っていた。

テーブルを挟んで二人は対面に座り、現在の状況を確認し合う。

「先ほど王が回復したそうだ。役立たずの暗殺者たちがやられるのはまだしも、『カタラ毒』の解毒剤を本当に完成させるとは……未だに信じられないわ」

椅子に深く腰かけたまま、メルディィナは眉間にシワを寄せて目を瞑《つむ》り、ため息をつきながら天を仰ぐ。

解毒剤の製作は絶対に不可能と思っていた。わざわざそういう毒を選んだのだ。

たとえ魔王より強い者が現れようと、解毒剤を作ることだけはできない。そもそもメルディナ自身ですら作り方を知らない。

その不可能の壁を、リュークという男は越えてきたのだった。

『あの男は怪物だ』——ラスティオンが死の間際に言った言葉が、メルディナの頭の中でもう一度繰り返される。

「メルディナ、君の気持ちは分かるけど、僕の仲間を『役立たず』って言うのはちょっと酷いんじゃない？」

マクスウェルがメルディナの言葉に対して不平を漏らす。皮肉屋のマクスウェルだけに口調こそ軽めではあるが、その表情は暗く疲れきっていた。

今回呼んだ五人の暗殺者は、マクスウェルの仲間でも最上位の存在だ。それがまとめて返り討ちに遭うなど、こちらも到底信じられない事実だった。

「五人がかりで負けたヤツらなど、役立たずと言われて当然だろう。何が最強の暗殺者集団だ。それとも、たまたま弱いヤツしか手配できなかったとでも言うのか？」

「いや、言われた通り最強の仲間を呼んだよ。アイツらが負けたなんて、僕のほうが信じられないくらいだよ。どうすればあの五人を返り討ちにできるのか、リュークって男に聞きたいところだね」

マクスウェルは絶対に勝てると楽観視していただけに、完全に想定外の展開だ。

考えられる可能性としては、リュークのことをよほどナメてかかったということ。ただ、それでも負けるとは思えないが。

まあ一番ナメていたのはマクスウェルなのは間違いないだろう。

「まったく、だから私があれほどあの男には気を付けろと言ったのに……！」

「ラスティオンが言っていた『怪物』というのは本当だったってことだね。今回ばかりは僕も反省してるよ。アイツは僕の力もお見通しだったみたいだし、確かに底知れない男だね、あのリュークってのは」

「今さら気付いても遅いわっ！　ところで、『虚身《うつろ》』に連絡は取れたんだろうな？」

「もちろんさ。姿は見せないけど、すでにこの王都に来ているよ。仕事を頼むのかい？」

世界最強の暗殺者『虚身《うつろ》』――こうなった以上、メルディナは切り札を使うつもりだった。

今までは国王クラヴィスが不在だったため、王妃であるメルディナが最高権力者となって指揮を執《と》れた。惚れ薬によって、王の意思もある程度操れた。

このような状況であったから、多少不都合なことが起ころうとも、強引に隠蔽《いんぺい》することができた。

しかし、国王の体調が戻った以上、権限は王に戻る。リュークが進言すれば、近いうちに王妃たちの身辺も調査されるだろう。

王が命令すれば、王妃が抗《あらが》おうとも追及を止めることは不可能。これまでの所業がバレるのも時間の問題だ。

もはやメルディナには、奥の手を使うしか残された道はなかった。

「ああ、最後の手段を使う。『虚身《うつろ》』には……国王クラヴィスを殺してもらう」

「王様を暗殺⁉　あのリュークってヤツじゃないのかい⁉」

メルディナの発言を聞いてマクスウェルが驚く。

今さら国王を殺すなど、どう考えても無意味だからだ。

「……仕方あるまい。本国の意向なのだ。もしも計画が失敗となったら、国王を殺せとの通達だ」

リューク対策に呼んだ『虚身《うつろ》』だが、本国レグナザードの思惑は違った。

どこの馬の骨とも分からないリュークを殺すために、大金は払えないとのことだった。

仕事を依頼するなら国王の暗殺。確かに今さらではあるが、ここまで大掛かりに事を運んだ以上、何も成果がないよりはマシとの判断だ。

「金の無駄遣いするねえ。あんな老いぼれ殺すのに『虚身《うつろ》』を使うなんてね」

「ではマクスウェル、お前が暗殺を請け負うか？」

「……いや、僕じゃ国王の暗殺は無理だけどさ。僕が言ったのはそういうことじゃなくて……」

メルディナに言われ、マクスウェルは少し悔しげに白旗を上げる。

一国の王を力ずくで暗殺するのは非常に難しい。『虚身《うつろ》』とて命懸けの任務となる。

マクスウェルが無駄遣いと言ったのは、そこまでする価値はあのクラヴィスにはないということだ。

「まあマクスウェル、お前の言いたいことも分かる。レグナザードにとって真の脅威は、国王でもゾンダール将軍でもなく、あのリュークという男なのだからな。殺すならリュークだろう」

メルディナも、国王の暗殺には消極的だった。

王を殺せば確かに国は混乱するが、あのリュークがアルマカインにいる限り、レグナザードは容易には勝てないだろう。『虚身《うつろ》』に暗殺依頼するなら絶対にリュークだ。

「分かってるなら本国に進言すればいいじゃないか、メルディナ」

「明日にも捕らわれた暗殺者たちが届くのだ。本国を説得する時間がない。今夜国王暗殺を決行するぞ」

「なるほど……それじゃ仕方ないか。しかし、そうなるとアルマカインとレグナザードの全面戦争になるね」

アルマカインもバカではない。

今までの一連の流れから、国王暗殺にはレグナザードが絡んでいると絶対に勘付く。証拠も必ず発覚する。

二国は以前も戦争となっているが、国王を殺されたら、アルマカインはもう一歩も引けない。

今度は途中で終戦なんてならず、どちらかが叩き潰されるまで続く激しい争いになるだろう。

「うむ、近隣を巻き込むほど戦禍《せんか》が広がる可能性もあるな」

「そうなったら僕はおさらばするよ。戦争には参加しない主義でね」

暗殺者の戦闘は少人数戦が原則だ。多人数戦では思わぬ不覚をとることもあるため、戦争などに出ることはない。

あくまでも裏方に徹するのが暗殺者の本分なのである。

「それにしても、成功報酬がふいになっちゃって、これほど時間と手間をかけてこれじゃ大損害だよ」

労力をかけた計画が完全に失敗となり、マクスウェルが嘆いた。

「ふん、お前はほとんど何もしてなかったではないか。前金だけで満足しておけ」

「まあね。一応それなりにもらったからね。ただ、仕事は当分休業だな。顔を変えてしばらくは身を隠すつもりさ。……話はもうこれくらいでいいか。そんじゃまた夜に来るよ」

マクスウェルはそう言うと、重い腰を上げるようにゆっくりと椅子から立ち上がり、王妃の部屋を出ていく。

その姿をメルディナは無言で見送るのだった。

3. 将軍VS最強暗殺者

アルマカイン王都のほぼ中央に位置する王城は、四方を高い城壁で囲われ、人が出入り可能な場所を大勢の警備兵が守り、要所には腕利きの騎士が配備されていた。

城壁や場内の各所には強力な対魔法結界が施されているので、破壊魔法による強引な突破も許さない。万が一の場合は、緊急用の『光紙』ですぐさま通報が行き渡り、近くに待機している警備兵や騎士、宮廷魔導士たちが駆けつける。

中庭の奥に立つ王宮の周囲には、二十人の王族親衛隊たちも目を光らせている。

もちろん探知結界も張り巡らされているため、まず知られずに侵入は不可能だ。

その国王が暮らす宮殿は豪華なうえ、一つ一つの造りも大きかった。各部屋は当然として、廊下も広く天井も高い。幅は七メートルほど、高さも七～八メートルはあるだろう。

そして国王の寝室に続く廊下には、アルマカイン最強の男――ゾンダール将軍が、如何《いか》なる者も通すことがないよう立ち塞がっていた。

何重ものセキュリティで護られた国王の部屋であるが、仮に奇跡的に侵入できたとすれば、王を殺すこと自体は難しくはない。ただし、そこから生きて逃げおおせるのはまず無理だろう。

国王の暗殺はすぐに発覚する。王が身に着けている『生命《せいめい》の宝玉《ほうぎょく》』が、装備者の死を感知して、周囲に音で報せるからだ。

つまり、国王を殺せたとしてもあっという間に警備兵に囲まれ、その場で処刑されてしまう。

玉砕覚悟で暗殺するなら別として、自分の命を捨ててまでこの任務を請け負うような人間はまずいない。何よりも金と命を大事にするのが暗殺者なのだから。

そんな、いくら大金をもらっても割に合わない仕事を請け負ったのは、最強の暗殺者『虚身《うつろ》』。

どんな依頼であろうとも成功率は百パーセント。狙った獲物は必ず仕留めてきた男だが、果たして、最強の布陣で護衛するアルマカイン国王クラヴィスを暗殺できるのだろうか？


国王の最後の防壁を務めているゾンダールは、全身の神経を研ぎ澄まして周囲を窺い続ける。

ふとゾンダールは、虫の知らせとでもいうべき違和感を覚えた。

何も変化は感じない。自身の鋭い探知にも、宮殿内の探知結界にも異常はない。

それでも、野生の勘ともいうべき本能が、この場に自分以外の何者かが存在するのを察知した。

「……誰だ⁉」

ゾンダールは小さく声を発する。それは静かな廊下に響いたが、それ以上何も起こらなかった。

魔導ランプが点灯している仄《ほの》暗い廊下を、ゾンダールは塵一つ見逃さないよう凝視するが、何も異変などは発見できない。匂いも音も気配も感じない。

だが、ゾンダールは気のせいなどとは思わなかった。それどころか、何かがいることを確信する。

数々の修羅場をくぐった、百戦錬磨のゾンダールだからこそ分かる死の匂い。

次の瞬間、ゾンダールは腰の『聖剣・星閃く大剣《ルクスリエース》』を抜き、右斜め前方を素早く斬りつける。

剣は空を斬ったが、ほんの僅かな気配がその場に揺らいだ。

「さすが名高きアルマカインの将軍。初めてだよ、俺の気配を気取《けど》られたのは」

ゾンダールのみしか存在しない空間に、謎の声が響き渡った。

ゾンダールは、発生元を懸命に探る。しかし、ゾンダールほどの者でも、気配をいっさい探知することはできなかった。

本当にここに存在するのか？　何かの遠隔術で、声のみをこの場に発生させているのでは？

そう考えたくもなるが、間違いなくすぐそばに潜んでいることをゾンダールの直感は訴えていた。

王宮内の廊下ではあるが、ゾンダールは剣圧の衝撃波で、前方広範囲をまとめて爆撃する。音速の衝撃波は正面突き当たりの壁に激突し、堅牢な宮殿を大きく震わせた。

これによって、恐らくこの戦闘に気付いた者は多いだろうが、各自部屋からは出ないように事前に言い含めてあった。

ゾンダールなら、どんな敵が来ようとも負けない。むしろ、ほかの誰かがこの場に来てしまうと、逆に人質などに利用される可能性がある。

そういう理由で、如何なることが起ころうとも、ここにはけっして近寄らないようにしてあった。

仕留めたか？　――震動が収まり、静まり返った廊下を慎重に探るゾンダール。

しかしその直後、すぐ傍らに何かの存在を感知し、神速の剣で斬りつける。

「いやはや、驚嘆《きょうたん》したぞゾンダール将軍。よもやこれほどの手練《てだ》れだったとは……噂を遥かに超える強さだ。俺は標的《ターゲット》以外は殺さない主義だが、お前のその強さに敬意を表し、特別に無料でお前を殺してやる。光栄に思え」

どこからともなく――いや、周囲の空間全方向から発せられたような声が聞こえる。

敵は確かに近くにいる。なのに、その気配を微塵も感じることができない。

無敵のゾンダールの背にヒヤリとしたものが流れる。

ゾンダールの放った衝撃波によって魔導ランプは破壊され、廊下は真っ暗闇となっているが、この二人の戦いには些《いささ》かの支障もない。

しばしの膠着《こうちゃく》状態のあと、先に仕掛けたのはゾンダールだった。

「ぬぅんっ！」

左前方に一気に駆け寄り、気合いとともに斬りつける。何もない場所だったが、実際そこに『虚身《うつろ》』はいたようで、身を躱したと思われる感触があった。

存在しない気配を感じて戦う。超一流の戦士であるゾンダールだからこそできる戦法だ。

とはいえ、『虚身《うつろ》』を捉えることはできないが。

この『虚身《うつろ》』が起こしている謎の現象――それはＳＳランクギフト『闇神《あんしん》』の能力だった。

『盗賊《シーフ》』系最強のギフトである『闇神』は、自身の存在を『無』にすることが可能で、それはただ見えなくなるだけでなく、匂いや音、熱など全てを含めた気配を遮断する。

それだけでなく、結界の効果も無効にするのだ。よって、探知結界に引っかかることがないどころか、さらに強力な進入禁止結界があろうとも、難なくそこへ入ることができる。

『虚身《うつろ》』の名に相応しい、完全に『無』の状態。

まさに暗殺者に最適の能力で、最強の暗殺者と言われる所以《ゆえん》だった。

そして『虚身《うつろ》』自身も、ゾンダールのレベル157を超えるレベル161であり、仮にギフトの力に頼らなくても、ゾンダールと互角に戦える強さを持っていた。

ちなみに、SSランクのギフトを授かるのは、全世界でも数年に一人出るかどうかと言われている。その中でも『闇神』を授かる人間は非常に少なく、現在は『虚身《うつろ》』ただ一人。

この『闇神』は謎であることが重要で、代々授かってきた人間はその能力を秘匿《ひとく》してきた。

もし知られてしまったら、対策を取られてしまうからだ。

ゾンダールの一撃を躱したあと、今度は『虚身《うつろ》』が反撃する。

『虚身《うつろ》』は身に着けているものまで透明化できる。その見えない剣で、ゾンダールを素早く八つ裂きにしようとした。

だがゾンダールは、見えない攻撃をかろうじて躱す。

ただし、完璧に避けることは叶わず、ゾンダールの肉体に刃の跡が刻まれていく。

「俺の攻撃をここまで凌《しの》ぐとは、心底感服するぞ将軍」

「くっ、どこにおるのだっ⁉」

斬撃の方向から『虚身《うつろ》』の位置を予測して、ゾンダールは必死に反撃を試みるが、剣先はむなしく空を斬るだけ。ゾンダールの勘は間違っていないのだが、それを上回る回避能力で、『虚身《うつろ》』は攻撃を躱していた。

『虚身《うつろ》』は焦ることなく、ゾンダールを少しずつ斬り刻んで追いつめていく。

「バカなっ、このワシがこんな……⁉」

世界最強クラスとまで言われているゾンダールだが、自身が慢心することはなかった。

世の中には、様々な強いヤツが存在する。ゾンダール以上に死線を掻《か》い潜《くぐ》ってきたSSランク冒険者もいることだろう。

だから自分よりも強者《きょうしゃ》はいると思ってはいたが、しかし自分が手も足も出ないヤツがいるとは、さすがに信じられなかった。

ただ、これは戦闘の相性の問題であって、けっしてゾンダールが『虚身《うつろ》』に劣っているわけではない。

例えば強力な魔導士――ラスティオンなら、もう少し戦闘の相性はいい。当てずっぽうで無差別に広範囲魔法の爆撃をすれば、流れ弾に『虚身《うつろ》』が被弾する可能性があるからだ。

とはいうものの、ラスティオンではまず勝てないだろうが。

また、ほかの欠点としては、『盗賊《シーフ》』系である『闇神』は攻撃力に乏《とぼ》しいこと。

ゾンダールやラスティオンと比べてみても、『虚身《うつろ》』の攻撃力は圧倒的に低い。つまり、ドラゴンのような超級モンスター相手では、『虚身《うつろ》』は真価を発揮できない。

あくまでも暗殺特化の能力なのだ。

身体耐久力も貧弱で、屈強な戦士のようなタフさを持っていない。だからもし強烈な攻撃を喰らえば、一気に窮地に陥ってしまう。

攻撃を受けないよう、距離を取って飛び道具を使う手もあるが、武器が『虚身《うつろ》』から離れるとそれにかかっていた透明化の効果もなくなってしまう。よって飛び道具は可視化してしまううえ、放った本体である『虚身《うつろ》』の居場所もバレてしまうため、迂闊にこの戦法を取ることはできない。

たとえ身を危険に晒そうとも、自身が接近して直接攻撃するしかないのだ。

無敵とも思える『虚身《うつろ》』だが、これらの弱点を補うため、細心の注意を払って暗殺に臨《のぞ》んでいるのだった。

「ぐぬうっ……仕方ない」

見えない相手——敵の存在は感知できないが、確実にここにいるなら、この辺りの区画ごと全てを破壊してしまえばいい。ゾンダールにはそれが可能だ。

しかし、守るべき国王がすぐそばにいる。最後の手段としても到底選べない。

この場における最良の選択を模索していたゾンダール。そして、ある一つの決断をした。

『聖剣・星閃く大剣《ルクスリエース》』の力の解放である。

『星閃く大剣《ルクスリエース》』はアルマカインの将軍が代々受け継ぐ国宝の聖剣で、その力を解放するには、自身の生命エネルギーを大きく消耗しなければならない。それゆえに、安易に使うわけにはいかないが、『虚身《うつろ》』相手にはもはやこれしか手は残されていなかった。

「神敵一滅《しんてきいちめつ》。背《そむ》く者、汝《なんじ》聖刃の裁きを受けよ。『咎人断罪せし天空の光剣《セイクリッド・レイ・パニッシュメント》』っ！」

ゾンダールが聖剣の力を解放すると、幅広の天井を埋め尽くすように、光の剣がずらりと浮かび上がる。

強力な魔力を秘めた光属性の攻撃で、火水土風などの属性と違って、周囲を大きく破壊するようなことはない。一軍を壊滅することさえ可能な究極の攻撃だが、それを『虚身《うつろ》』ただ一人に対してゾンダールは使った。

直後、暗い廊下を眩しく照らしていた光の剣が、いっせいに降り注いだ。

この光剣には追尾機能《ホーミング》が備わっているのだが、『虚身《うつろ》』のギフト『闇神』はそれすら無効にするらしい。本来なら『虚身《うつろ》』目がけて集中砲火するはずが、光剣は直線的に真下を射抜いていく。

ただし、躱す隙間などまるでない状態だ。これならば見えない敵も仕留められると、ゾンダールは確信していたが……

その光剣の豪雨《スコール》を、なんと『虚身《うつろ》』は全て躱していく。

『闇神』の回避能力は全ギフト最高を誇るとはいえ、瞬時の判断力と鋭い反射神経は『虚身《うつろ》』自身が磨いてきたものだ。見事と誉めるしかない。

全ての光剣が消え、その成果を確認するゾンダール。自身の最強の攻撃であるが、どうにも不安は拭えなかった。

果たして、どこまで傷を負わせることができたか……？

「終わりか将軍？　ならば今度は俺の番だな」

仕留めた手応えはなかったといえども、『虚身《うつろ》』にダメージがないことにゾンダールは驚く。

これでダメなら、あとは自分を殺す瞬間に相討ちを狙うしか手はないだろう。

いや、それすらできるかどうか自信がなかったが。

それでも、いちかばちかそれに賭けるしかない。

「乱れよ、『朧武者《おぼろむしゃ》』！」

『虚身《うつろ》』が術を発動すると、ゾンダールの周囲に五体の薄ぼんやりとした存在――陽炎《かげろう》のようなものが現れた。

人型をした陽炎はゆらゆらと動きながら、ゾンダールにのそのそと近付いていく。

何かのエネルギーを内包しているようで、恐らく魔力爆弾といったところだろう。標的《ターゲット》に近付いて自分もろとも爆破する――ゾンダールはそう判断した。

何はともあれ、その『朧武者』をゾンダールは斬り捨てようとした。しかし、綿毛が風圧で飛ばされるかのように、ゆらりと流されるような動きで『朧武者』は攻撃を躱す。

それは見た目以上に捉えどころのない動きで、達人が攻撃を受け流す所作《しょさ》にも似ていた。

ならばと、ゾンダールは『朧武者』の動きを予測して、躱したところを追撃で斬り捨てる。並の剣士では『朧武者』の不規則な動きを追うことは無理だが、ゾンダールほどの者なら可能だった。

ゾンダールの見抜いた通り、斬りつけられた『朧武者』は魔力の爆発を放ったあと、跡形もなく霧散《むさん》した。

「この程度でワシを倒せると思ったか！」

体を回転させながら、次々に『朧武者』を斬っていくゾンダール。

だが最後の一体を斬り伏せた刹那《せつな》、自らの背後に死の気配を感じた。

しまった、これを狙っていたのか！　――ゾンダールが『虚身《うつろ》』の真の狙いに気付く。

『朧武者』はゾンダールを倒すためではなく、『虚身《うつろ》』が接近するための罠だったのだ。

気配を消しても、ゾンダールを仕留めるのは難しいと悟った『虚身《うつろ》』は、『朧武者』を利用して密かに必殺の距離まで接近した。

そして超至近距離からゾンダールを殺す……！

間一髪、ゾンダールは背後からの攻撃に気付き、なんとか身を躱した。その超反応にさすがの『虚身《うつろ》』も驚いたが、緊急の回避でゾンダールは体勢を崩してしまう。

「今度こそもらったぞ将軍！」

すぐさまゾンダールを追い、その首を斬り落とそうとする『虚身《うつろ》』。

ゾンダールは見えない刃を防ぐため、とっさに手に持つ剣を上げるが、右腕ごと斬り落とされる。

「ぐううっ！」

「終わりだ！」

不可視の剣がゾンダールの首に襲いかかる。

殺《と》られた……そう覚悟したゾンダールの首に、剣が到達することはなかった。

「これは……どういうことだ!?」

冷静な『虚身《うつろ》』が初めて焦りを見せる。

自身が持つ見えない刃を、誰かが掴んでいるような手応えを感じているからだ。

この場にはゾンダールと自分しかいないのに何故？

「良かった、なんとか間に合ったぜ……！」

闇を見通すゾンダールや『虚身《うつろ》』に、いっさい気付かれることなくいきなり現れたのは、リュークだった。

4．リュークの力

「おぬしは……リューク！　いつの間に!?」

何もなかった空間に突然リュークが姿を現し、ゾンダールは驚愕の声を上げる。

戦闘に必死だったとはいえ、ゾンダールも『虚身《うつろ》』もまるでリュークの気配に気付けなかった。

これは『虚身《うつろ》』以上の隠密能力だ。謎の男の出現に、『虚身《うつろ》』も驚きを隠せない。

何より、剣を掴んでいるリュークの手を『虚身《うつろ》』は振りほどこうとするが、鉛《なまり》に奥深く突き刺さったかのように、剣はビクとも動かない。

「ぐ、ぐぬっ、なんて力だ……！」

『虚身《うつろ》』は仕方なく愛刀を手離し、予備の剣を取り出して構える。

「おっと、なんだこの剣をオレにくれるのか？　へえー凄い名剣じゃん！　こりゃ伝説級《レジェンダリー》だな」

『虚身《うつろ》』の手を離れたことにより、透明だった剣が姿を現す。長さは一メートル弱、ほんの少し弧を描いた形の片刃刀で、燃えるような緋金色《レッドゴールド》に輝く刀身は伝説の金属ヒヒイロカネでできていた。

「おおっ、それはまさか秘宝『竜角斬りの新月刀《エヴロストス》』では⁉」

ゾンダールがリュークの手にある剣を見て叫ぶ。

帝都メギドラで大昔に消失したあと、その行方が一向に分からなかった伝説の宝剣。

それが暗殺者の手に渡っていたとは。

『聖剣』ではないため、神に祝福された力は宿っていないが、最強の金属だけに他《た》の追随《ついずい》を許さない斬れ味を誇っている。密かに殺しを行う『虚身《うつろ》』にとっては最適の武器だろう。

もちろん、その価値も値段がつけられないほどに高い。

「そんな凄い剣をもらっちまっていいんだ？　ラッキー！」

リュークはわざと煽《あお》るような言葉を吐く。

悔しさにギリリと歯を軋《きし》ませる『虚身《うつろ》』だが、ふとあることを思い出した。

「……『リューク』だと？　そういえば、最初に聞いた標的《ターゲット》の名が確か『リューク』だった。なるほど、貴様のことだったか」

「オレを狙ってたなら、将軍なんて襲わず素直にオレのところに来いよ！」

やはり当初狙われてたのは自分だったと、リュークは改めて推察が正しかったことを思い返す。

それなのに、何故ここにリュークがやってきたのか？


深夜、リュークは街宿に泊まりながら、今回のことをもう一度整理していた。

最初の狙い通り、自分が囮となって暗殺者を引き付け、そして色々誤算がありながらも無事目的を成し遂げることができた。

こうなっては、もうマクスウェル王子が王位を継承することはできない。王妃たちの目論見を全て打ち砕いたので、あとは確実に追い詰めるだけとリュークは思っていたのだが……

ふと、自分が何か見落としているような気がした。

これほど大がかりな計画を、王妃と王子だけでできるだろうか？

以前も同じことを考えたことがあった。この事件の裏には、とてつもない大きな力があるのではないかと。

胸騒ぎを覚えるリューク。

もし真の黒幕がいたとして、計画が破綻《はたん》したときに何を考える？　邪魔者である自分をなんとしてでも殺す？

……いや、そんなことをしたところで、敵に利益はないだろう。

元々このアルマカインを奪おうと考えていたくらいだ。本当に殺したいのは自分じゃなく、ましてやゾンダール将軍でもグリムラーゼ王女でもない。

アルマカインにとって一番ダメージが大きいのは、国王クラヴィスだ。

今までは計画のために生かされてきたが、失敗したとなれば、国王はもう用済みだ。

王妃たちにとっては、自分が一番邪魔な存在なのは間違いない。ただ、手駒である王妃たちがどう考えていようとも、その裏にいる者は、国王の抹殺を何よりも優先して考えるかもしれない。

この結論に思い至ったとき、リュークは慌てて宿を飛び出した。

そして今、ゾンダールの危機にギリギリ間に合ったということだった。


「この俺に暗殺を頼もうとするくらいだ。小僧、貴様も相応の力を持っているのだろうが、相手が悪かったな。この俺が二人も無料で殺すなんて、こんなサービスなどもう二度とないぞ」

『二人』とはリュークとゾンダールのことだ。

思わぬ乱入者に少々驚いた『虚身《うつろ》』だが、ゾンダールはすでに戦える状態ではない。

よって、リュークを料理すれば終わりだ。何も問題はない。

『虚身《うつろ》』は『無』となってリュークに襲いかかろうとする。

「かくれんぼには付き合ってられないな」

そう言うと、リュークは神速で『虚身《うつろ》』に近付き、剣を持つ右腕を掴む。

並外れた回避能力を持つ『虚身《うつろ》』だが、そのリュークの動きから逃れることはできなかった。

ゾンダールがどうしても捉えられなかった『虚身《うつろ》』をあっさりと捕まえるリューク。

「なっ、なにっ⁉　何故俺の居場所を⁉　それにこの速さ……！」

『闇神』を持つ『虚身《うつろ》』は、スピードも超一流だ。

しかし、リュークが持つ『韋駄天』の速さはそれを超える。レベルも『虚身《うつろ》』を大きく上回り、スピードにおいては圧倒的に凌駕《りょうが》していた。

まあ上回っているのはスピードだけではないのだが。

いやむしろ、『虚身《うつろ》』に負けている部分が一つもないような状態だ。

「捕まえたぜ。さあおとなしく降参しろ」

リュークが降伏を促《うなが》す。

最大の長所である透明化を見破られたら『虚身《うつろ》』も観念するかと思われたが、そんな殊勝なタマではなかった。

『虚身《うつろ》』は左手で小刀を取り出し、素早くリュークの胸を一突きした。

「おっといけね。ちょっとナメすぎたか」

リュークは『物理無効』を発動して、突きをやり過ごす。

ただ、全身が半液状化したので、捕らえていた『虚身《うつろ》』には逃げられてしまった。

闇を呑む者《カオスイーター》のときと同様、捕まえたまま懲らしめてやろうかと思ったリュークだったが、暗殺者相手では勝手が違ったようだ。

「い、今の手応え……貴様、人間ではないのか⁉」

小刀で刺した感触がおかしかったので、『虚身《うつろ》』が動揺する。それに、心臓を刺されてもピンピンしているとは……人の姿をしているが、もしや魔族の類いなのでは？

リュークの謎の能力に、『虚身《うつろ》』は焦りを感じ始めた。

そもそも、何故自分の透明能力が通じないのか分からない。

分が悪いことを感じた『虚身《うつろ》』は、ゾンダールに使った罠をリュークにも仕掛ける。

「乱れよ、『朧武者』っ！」

『虚身《うつろ》』が術を発動すると、五体の『朧武者』が現れ、リュークに向かって襲いかかった。

だが、それらをいとも簡単にリュークは斬り倒し、『虚身《うつろ》』の潜んでいた場所に駆け寄る。

思惑通りにいかず、『虚身《うつろ》』は狼狽しながらもかろうじて距離を取る。

「何故、何故俺の居所が分かる⁉」

『虚身《うつろ》』は、さっき捕まったとき、自分の体に糸でも付けられたのかと疑った。糸を結んでその反対側を握っていれば、『虚身《うつろ》』の居場所は分かるからだ。

しかし、自分の体を探ってみたが、そのようなものは付いてなかった。

仮に墨《すみ》などを散らして『虚身《うつろ》』に印を付けたとしても、それも透明になってしまうから無駄だ。

もちろん、なんらかの探知もできない。

完全に『無』となっている自分を、どうやってあのリュークという男は見破っているのか、『虚身《うつろ》』は混乱する。

実はリュークは、すでに『闇神』の能力をコピーしていた。

『闇神』は自身の存在を『無』にできるが、同じ『闇神』を持つ者には通じない。それゆえに、透明化もリュークの目には無効となっていたのだ。

隠れているつもりがまさか丸見えだったとは、さすがの『虚身《うつろ》』も思わないだろう。命を懸けた戦闘ではあるが、リュークからすれば少々滑稽《こっけい》な状況だ。

ちなみに、探知不能であるはずの『闇神』だが、『スマホ』のマップ機能ではきっちり探知されていた。リュークが最初にこの場に来たときゾンダールしか見えなかったが、マップで探知できていたおかげで、すぐに見えない敵がいることに気付けたのだった。

闇を呑む者《カオスイーター》と戦ったことで、見えない敵に対する免疫もできていた。あれを経験してなかったら、リュークも混乱したかもしれない。

「ぐ……仕方ない」

ゾンダールと互角以上に戦える自分が、リュークにはまるで歯が立たない。

リュークのことを真の強敵だと認めた『虚身《うつろ》』は、最終手段を使うことにした。

『闇神』の能力は極秘なため、なるべく手の内を見せずに倒すのが鉄則なのだが、この相手にはそうも言っていられなくなったのだ。

ゾンダールが見ている前だが、そのゾンダールも殺せば問題ない。

「死に踊れ、『闇魔王の制裁《デモンドライヴ》』っ！」

『虚身《うつろ》』が術を発動すると、リュークは薄暗い霧に包まれる。

直後、リュークはまるで思考が停止したかのように頭をゆらゆらとふらつかせたあと、そのままバタリと地面に倒れた。

そして何かを探るように、手をあちこちに振り回す。

「リューク、どうしたのだリューク!?」

じっと戦いを見守っていたゾンダールが、リュークの様子がおかしいのを見て声を上げる。

『闇魔王の制裁《デモンドライヴ》』は、対象の五感を完全に狂わせる効果があった。

リュークは受け身を取ることもなく倒れたが、痛みは感じておらず、また何も見えないし聞こえていない。自分が倒れたことにも気付いてないどころか、上下の方向すら判断できない状態だ。

思考も鈍り、もはや赤子同然となったリュークに、『虚身《うつろ》』がゆっくりと近付いていく。

「ここまで俺を手こずらせたのは貴様が初めてだ。胸を張って冥府《めいふ》に行くがいい」

『虚身《うつろ》』がリュークの首を斬り落とそうと剣を振り上げる。

「……なーんちゃって！　よし捕まえたぜ！」

床に転がっていたリュークが瞬時に飛び起き、『虚身《うつろ》』の右手を掴んだ。

『闇魔王の制裁《デモンドライヴ》』の効果を知っていたリュークは、術にかかったフリをして『虚身《うつろ》』が近付くのを待っていたのだ。

「バカなっ⁉　俺の奥義が通じなかったというのか⁉」

「あいにく全然平気だ。今度は逃がさねえ！」

同じ『闇神』のギフトを持っていようとも、この術は無効にはできないが、リュークには状態異常を無効にする『完全異常耐性』のスキルがあった。

よって、五感を狂わせることはできないし、呪いだろうと石化だろうとリュークが喰らうことはない。

また小刀で胸を刺されないようリュークは警戒しつつ、『虚身《うつろ》』の腕を掴んでいる左手に力を入れ、これ以上抵抗できないようにその右腕をグシャリと粉砕する。

「ぬおおおおおっ！　も、もはやこれまでっ」

そう叫びながら、なんと『虚身《うつろ》』は、リュークに掴まれている右腕を斬り離した。

リュークには絶対に敵わないと悟り、緊急手段で逃れることにしたのだ。

まさか腕を切断までして逃げるとは思ってなかったので、さすがに面食らってしまうリューク。

最強と自負していた自分の術が何一つ効かない。こんなに恐ろしいヤツが存在するとは……

片腕を失い、恥も外聞も投げ捨て、一目散に逃げ出す『虚身《うつろ》』。

幸い、『虚身《うつろ》』は出口側の位置にいたため、全力で逃げれば先に王宮を出られる。

意表を突いた効果もあって、駆け出したときリュークとの距離はだいぶ離れていた。出口はそれほど遠くないだけに、追いつかれることはないだろう。

外に出てさえしまえば、警備兵を攪乱して姿をくらませることもできるはず。

そう考えながら『虚身《うつろ》』が走っていると、襟首をグイと掴まれる感触が。

「逃がさねえって言っただろ」

もちろんリュークだ。『暴食の影《グラトニーシャドウ》』の能力で闇と同化し、瞬時に追いついたのだった。

ゾンダールを救ったときにいきなり現れたのもこの能力だ。

明るい場所では使えないが、暗闇ならほぼ無敵のリュークである。

「き、貴様いったい何者っ⁉　まさか、本物の死神……⁉」

「相手が悪かったな。もう暗殺者は引退しろ」

そう言いながら、リュークは『虚身《うつろ》』の腹と顔にパンチを打ち込む。

「ごええっ」と呻き声を漏らしながら『虚身《うつろ》』は吹っ飛び、そのまま失神したのだった。

『虚身《うつろ》』が気を失ったため、透明化の効果がなくなりその姿が露わになる。

歳は四十前後、中肉中背の体格なうえ、外見的な特徴に乏しい男で、どう見ても凄腕暗殺者の風格などはなかった。

街に入れば、そのまま人々の中に溶け込んでしまうだろう。正体を隠すというのはそういうものなのかもしれない。

その男を抱え、リュークはゾンダール将軍のもとに戻る。

「おおリューク、無事賊を倒したようだな。恐らく其奴《そやつ》は『虚身《うつろ》』という暗殺者だろう」

「『虚身《うつろ》』？　コイツを知ってるんですか将軍？」

抵抗できないよう、まだ気絶から覚めない男を拘束しながらリュークが訊く。

「ワシも噂のみしか知らぬが、凄まじい暗殺能力を考えるに、『虚身《うつろ》』という者に違いない。しかし、ラスティオンを捕らえたと聞いたときからおぬしはただ者ではないと思っておったが、まさかこれほど強かったとは……」

「いえ、その……強くなれたのは、実は将軍のおかげでもあるんですが。あ、将軍の腕……！」

「ああ、今エリクサーを飲んだところだ。傷口は塞がったが、残念ながら失った腕はもう元には戻らぬ」

ゾンダールはエリクサーを所持していたので、リュークが『虚身《うつろ》』を追っている間に使用して治療を終えていた。

ただ、欠損部分はエリクサーでも元には戻らない。右腕を失《な》くしたゾンダールは、もう以前の力は出せないだろう。

「リュークよ、おぬしの力を見込んで頼みがある。ワシのこの腕では、もはや将軍は務まらぬ。ワシの代わりに、おぬしにこのアルマカインの将軍になってほしいのだ。そして陛下をお守りしてくれ」

ゾンダールの一存で将軍を決められるわけではないが、リュークなら国王クラヴィスも異論はないだろう。そう考え、ゾンダールはリュークに打診した。

しかし、それを聞いたリュークは首を横に振る。

「いいえ将軍、この国の将軍に相応しいのはあなたです。大丈夫、今から腕を治しますので」

そう言ってリュークは『スマホ』を取り出すと、先日新しく覚えた機能を発動した。

すると……

「な……なんだこれはっ!?」

ゾンダールの右腕が光り、失われていた欠損部が再生していく。

そして数秒後、右腕は完全に元に戻ったのだった。

『スマホ』が覚えた新機能とは『被写体復元』というもので、写真に撮ったものが壊れたりしても、写っている状態まで戻せる能力だった。

生き返らせるようなことまではできないが、身体《しんたい》の欠損程度なら問題なく治せる。ゾンダールのことは以前写真に撮っていたので、それで復元できたのだった。

ほか、アイテムなども当然修復できるうえ、建物のようなサイズでも復元可能だ。

街ほどのスケールではさすがに無理だが、かなり幅広く活用できる能力といえる。

「リューク、おぬしこんなことまでできるというのか……ワシはおぬしを侮《あなど》っておった。まさにアルマカインの救世主。おぬしがいなければワシも陛下も殺され、この国は悪鬼の手に落ちていたかもしれぬ」

「将軍が命懸けでここを守ってくれたおかげですよ。あとは王妃たち……あ、ちょっと待ってください！」

リュークが話していると、暗い廊下をキラキラ光る物体が飛んできた。

ヒミカが放った『光紙』だ。何かあった場合、『光紙』で連絡を取り合うようにヒミカと打ち合わせしてあったのだ。

リュークが王宮に来ていることも、すでにヒミカには伝えてある。

『光紙』をキャッチすると、リュークは素早くメッセージを確認した。

「……すみません将軍、詳しい説明はあとでします。オレはヒミカさんのところに行きますので、将軍はここを守っていてください」

「まだ終わってなかったようだな。ここは承知した。安心して行ってくるがいい」

「よろしくお願いします」

リュークは王宮をゾンダールに任せ、ヒミカのもとに急いで向かった。

☆

ゾンダールと『虚身《うつろ》』の戦いが始まった頃、メルディナ王妃とマクスウェル王子は王宮を抜け出していた。

邪魔者リュークが王宮にいないことは知っていたので、行動を起こすなら今夜しかない。『虚身《うつろ》』があれほど激しい戦いを起こしたのは少々想定外だったが、元々騒ぎに乗じて逃亡するつもりだったので都合が良かった。

王宮の護衛には、「賊が侵入したので慌てて逃げてきた」と伝え、狼藉者《ろうぜきもの》を逃がさないよう持ち場を離れるなと命令もする。リュークは、王妃たちが黒幕だということを将軍や王族親衛隊には教えていないので、この虚言が信用されてしまう。

まだ明確な証拠がない状態で王妃たちを告発するのは、逆にリュークの立場を危うくしかねないので、これは仕方なかった。

なんといっても、現状ではメルディナとマクスウェルは王族だ。リュークが勝手に黒幕と断定することはできない。

焦らずとも、捕らえた暗殺者たちを連れて七部衆たちが帰ってくる。そのあと、確実に追い詰めればいい。

そう慎重に事を運んだのが裏目に出てしまった形だ。

メルディナたちが中庭を抜けようとしたところで、二人の人間が目の前に現れた。

「王妃様、王子様、こんな夜中にいったいどちらに行かれるのです？」

行く手に立ち塞がったのは、ヒミカとサクヤだった。

王妃たちを逃がさないよう、リュークに指示されてこっそり中庭を見張っていたのだ。

「お、王宮に何者かが侵入したので、急いで逃げてきたのです。あなたたちこそ何故ここに？　わたくしたちの避難を邪魔するおつもりですか!?」

「王宮にお戻りください。誰であろうと、今夜は王宮を離れてはなりません。これは王命です。王妃様であろうとも従ってもらいます」

「侵入者のいるところへ帰れと仰るのですか!?　忍者風情が、王族であるわたくしになんと無礼な……！」

「ご安心ください。王宮は安全です。誰が来ようとも、リューク殿が倒してくれるでしょう」

「あの男が？　……王宮《ここ》に来ていると？」

ヒミカの言葉を聞いて、メルディナの口元がほんの少し緩む。

これはメルディナたちにとって嬉しい想定外となった。

『虚身《うつろ》』の標的《ターゲット》は国王クラヴィスであるが、リュークがそれを邪魔するようなら、一緒に始末してくれるだろう。あの派手な戦闘の場に行けば、自《おの》ずと勝手に巻き込まれるに違いない。

標的《ターゲット》が変わったことで命拾いしたというのに、わざわざ自分から殺されに来るとはバカな男だ。

同じことをマクスウェルも考えていたようで、邪魔者が一気に片付くとほくそ笑む。

とはいえ、念のためこの場から離れておきたいメルディナたちは、主張を譲ることはなかった。

「ヒミカさん、そこをおどきなさい。さもないと、こちらにも考えがありますよ」

メルディナが忠告すると、それに合わせるかのように、マクスウェルが腰の剣に手をかける。

「剣を抜きますかマクスウェル王子？　ならばこちらも手加減しませせぬ」

「あーしの力を思い知らせてやるぞ」

ヒミカとサクヤも牽制をし、もはや一触即発状態となった。

ヒミカたちはリュークが強化した装備を着けているが、それでもマクスウェル相手では少し分が悪い。時間を稼ぐのがやっとというところだろう。

しばしの間、緊張の時間が続く。

面倒だ、二人とも殺すか――マクスウェルがそう思っていたところ、この場にさらにもう一人、人間が現れた。

「そこまでだ」

そう言葉を発したのは、駆けつけたリュークだ。

その姿を見て、メルディナとマクスウェルは驚愕の表情を浮かべる。

今頃『虚身《うつろ》』に始末されているはずの男が何故ここに？

「あなた……王宮に行ったんじゃ……？」

思わず疑問を口に出してしまうメルディナ。

「ああ、行ってきたよ。行儀の悪い暗殺者がいたから懲らしめてきたところだぜ。確か『虚身《うつろ》』ってヤツだったかな？　コレがそいつの持ってた剣だ」

そう言いながら、倒した証拠に『虚身《うつろ》』が持っていた『竜角斬りの新月刀《エヴロストス》』を見せる。

まあこれはコピーした物で、本物はゾンダールに預けてあるのだが。

「う……『虚身《うつろ》』を…………倒したですって⁉」

もしそれが本当ならば、今度こそ正真正銘打つ手がなくなるわけで、失意でメルディナの体が震え出す。

ウソだと思いたいが、『虚身《うつろ》』が来たことを知っている以上、リュークの言っていることは真実だろう。絶対無敵の暗殺者まで倒されるとは、到底信じられないことだ。

もはや『虚身《うつろ》』との関係を隠すことも忘れ、メルディナは膝から地面に崩れ落ちた。

マクスウェルも同様の状態だが、こちらはさすが凄腕の暗殺者、メルディナのように簡単には諦めない。

メルディナが調合した特製の粉末――事前に渡されていた古代の麻痺毒《まひどく》をとっさに取り出すと、リュークたちに向けて投げつける。

そして魔剣の能力で、リュークたちを皆殺しにしようとした。

「怨み鳴け、『魔子負い死鈴《まごおいしりん》』……がはっ！」

マクスウェルが魔剣の能力を発動しようとした瞬間、リュークは瞬時に間合いを詰め、そのボディーにパンチを打ち込む。

「こ……この僕が、剣を抜くことすらできないだと……ぐふっ」

結局何もできぬまま、マクスウェルは気絶して倒れた。

ちなみに、振り撒いた麻痺毒の粉末は、ヒミカたちはすぐさま後方に退避したので喰らっていないが、リュークは構わずに突進したため、全身にまともに浴びている。皮膚に少量付いただけでロクに動けなくなるほどの効果があるが、もちろんリュークには無効だ。

それを見たメルディナは、この男にはどうやっても敵わぬことを悟り、あまりの絶望でとうとう気を失ってしまう。

これにて、メルディナたちの野望は潰《つい》えたのだった。

「あの最強暗殺者の『虚身《うつろ》』を倒すなんて、さすがリュークだぜ！」

喜びの声を上げながら、サクヤがリュークに駆け寄る。

「まあ『闇の死神』を倒したリュークが、人間相手に負けるわけないけどな。マクスウェルもリュークにかかっちゃこのザマだし」

「サクヤたちも、王妃たちを足止めしてくれてありがとう。危険な任務を頼んで悪かったな」

「何言ってんだ！　お前に救われた命だ、別にこんなのなんとも思ってないぜ」

リュークに礼を言われ、サクヤは照れ隠しのように鼻をこする。

そんな妹《サクヤ》を、やれやれといった表情で見るヒミカ。

リュークと話すときは臣下《しんか》としての態度を取るようにとサクヤに言い聞かせたのだが、まったく従わずにガサツな言葉遣いをしているからだ。

まあサクヤはそういう性格だから仕方ないと諦める。

「なあリューク、お前との任務もこれで終わりだ。最後に一つ、あーしの願いを聞いてくれるか？」

「なんだ、サクヤの願いって？」

サクヤに改まってそんなことを頼まれ、リュークも少し戸惑う。

「いや、大きな声じゃ言えねえから、ちょっと耳を貸せ」

サクヤに言われてリュークは顔を近付ける。

そこに不意打ちで、リュークの口にいきなりサクヤがキスをした。

「な、なあっ⁉　サ、サクヤ、お前ナニして……！」

何が起こったのか一瞬理解できず、リュークは頭が真っ白になったあと慌てて口を離し、顔を真っ赤に染めながらパニックになる。

「へへっ、キスくらい別にいいだろ。まあ、あーしは初めてなんだけどな」

「オ、オ、オレだってしたことなかったぞ！」

「おっと、お互いファーストキスだったのか。いいもんもらったぜ！　そんじゃな、リューク！」

動揺しているリュークを置いて、サクヤは走り去ってしまった。

呆然となるリュークとヒミカ。

「……ヒ、ヒミカさん、今のことはみんなには内緒でお願いします」

「い、言えるわけありませぬ。特にグリムラーゼ王女様には、どうお詫びして良いものやら……」

気まずい空気のあと、気を取り直して、気絶しているメルディナたちを運ぶ二人だった。

第五章　その後の王都

1．宿屋の少女

「おはようリューク」

朝御飯を食べようと食堂に入ろうとしたところで、ジーナ、ユフィオ、キスティーの三人が起床の挨拶をしてきた。

「ああおはよう。今日はみんな起きるの早いな」

「まあね。何せ今夜は、王宮で夕食会《ディナー》があるからね」

「さすがに気持ちが昂《たかぶ》って、早めに目が覚めちゃったのよ」

ジーナとキスティーがまだ少し眠そうな顔をしながら答える。

あの襲撃の一夜からすでに一週間が経ち、オレたちは王宮を出て街の宿屋に宿泊していた。

事件もほぼ解決したし、いつまでも王族の部屋を借りているのは申し訳ないと思ったからだ。

まあ本音を言わせてもらえば、王宮暮らしが少々堅苦しいということもあった。王様のすぐそばで生活するなんて、四六時中気が休まらないしな。

グリムラーゼ王女にはそのまま部屋にいてほしいと言われたが、無理を言って三日前にお暇《いとま》させてもらったところだ。

あのあと、今回の騒動についてオレが真実を伝えたことにより、ようやく王妃たちに疑惑の目が向けられるようになった。夜中に王妃たちは無理やり抜け出そうとしたうえに、ずっと力を隠していたマクスウェルが危険な魔剣を持っていたこともバレたし。

よってメルディィナとマクスウェルの素性は徹底的に調べられ、偽装などの証拠も次々に発見されている。

王様は病気ではなく、毒による体調不良だったことも教えたのだが、それについても怪しい道具や薬品、素材がメルディィナの持ち物から発見された。

もちろん、毒を作製するために使っていたものだ。

今までは王妃であるメルディィナが最高権力者だったため、その部屋の捜索もできなかったが、王様が回復すればもう逃れられない。惚れ薬の効果も切れているので、王様自身、王妃たちを怪しむようにもなっていた。

というわけで、ついに禁域が解放され、悪事の詳細が露《あら》わになったのだ。

もはや言い逃れも不可能な状態だが、まだ何かの奇跡を願っていたのか、メルディィナたちはなかなか口を割らなかったらしい。

しかし、捕まえた暗殺者たちが、メルディィナたちとの関係を暴露した。

最初こそ黙秘していた暗殺者たちだが、今では素直に白状しているとのこと。これは、正直に喋れば命だけは助けてやる、という取り引きがあったからだが。

『虚身《うつろ》』だけは最強暗殺者としての矜持があるのか、取り引きには応じず、追及にもいっさい答えなかったらしい。恐らく、捕まったときの覚悟はしてあったんだろう。

何せ、世界中で要人を暗殺していたらしいからな。生半可な覚悟じゃそんなことはできない。

自分の腕を斬り離してまで逃げようとしたのは、捕まったら死を受け入れると決めていたからだと思う。

『虚身《うつろ》』の持っている情報は色々と貴重なため、アルマカインでも厳しい取り調べをしたみたいだが、ひとことも話さないのを見て処刑に踏み切ったようだ。

下手に生かしておけば非常に危険な存在だけに、これは仕方ないといったところ。

『虚身《うつろ》』の処刑を知って、ほかの暗殺者たちも観念して洗いざらい吐いたらしい。

その裏付けも取れたようで、これで完全に心が折れたメルディナたちは、少しずつ今回の計画や王妃一派の顔ぶれ、そして真の黒幕についても話し始めたとのこと。

まだ全容は分かっていないが、事件の陰で糸を引いていたのは、なんとアルマカインの敵国——隣国のレグナザードだった！

ひょっとしてとは思っていた。しかし、まさか本当に一国が関わっていたとは……。

これは大変なことになった。せっかく王様が治ったというのに、一息つく間もない感じだ。

もはやメルディナたちの処罰とか、そんな次元の話じゃなくなっている。メルディナたちが捕まったことはレグナザードも気付いているはずなので、このままではいつ戦争が始まるかも分からない状態だ。

現在アルマカインの高官たちは、大慌てで対策会議を開いている。

そんな中ではあるが、王様の回復祝いに今夜王宮で夕食会が行われる。オレとジーナたちはそれに招待されているのだった。

夕食会に備えて、今日はフォーマル服を買いにみんなで街を散策する予定だ。

「リューク、今夜の夕食会が終わったら、またあの侯爵領に帰るのか？」

宿屋の食堂で朝食を食べながら、ユフィオが聞いてきた。

「一応そのつもりだ。王都《ここ》はもう大丈夫そうだしな」

事件はほぼ解決したとはいえ、念のためこの王都で成り行きを見守ってたんだが、そろそろここを離れてもいいだろう。肩の荷が下りたことで、アニスに会いたい気持ちも高まっていた。

ロクな思い出のないゲスニク領だが、こうして離れてみると、やはり自分にとって故郷なんだと思わされる。場合によっては王都に長期滞在も覚悟していただけに、考えていたよりもだいぶ早く帰れることにオレは安堵した。

今回のことで国家間に不穏な空気が流れているが、ここから先はオレがどうこうできる問題じゃない。

ただ、もしもレグナザードと戦争することになったら、そのときはまたオレも協力しようと思う。

それまでは、アニスの近くで自分を磨いていきたい。

「そっか……じゃあ王都もこれで見納めね。今日は思いっきり羽を伸ばして街を楽しみましょ！」

「あたいたち、結局ほとんど王宮にいたからな。食い物は美味かったけど、緊張しっぱなしで肩がこっちゃったぜ」

「疲れもすっかり取れたし、最後にいい思い出を作りたいところね」

どうやらジーナたち三人もゲスニク領に帰るらしい。まあそうだろうとは思ってたけど。

グリムラーゼ王女を捜索したときから色々あったが、ようやく日常が戻ってきそうだ。

とはいえ、キナ臭くなってきただけに、いつまで平和が続くかは分からないところだが。

ちなみに、『虚身《うつろ》』が持っていた『竜角斬りの新月刀《エヴロストトス》』は、帝都メギドラに返還するらしい。帝都で以前盗まれたものだから、アルマカインで保管するのは問題が起こるかもしれないとの判断だ。

一応『竜角斬りの新月刀《エヴロストトス》』とゾンダール将軍の『星閃く大剣《ルクスリエース》』はコピーしてあるけど、どちらも有名な剣だけに、人前で安易に使うわけにはいかない。

盗んだと勘違いされたら大変だからな。使うときは充分に注意しよう。


オレたちが朝食を食べ終えると、宿屋の娘さんが食後の紅茶を運んできてくれた。

オレたち一人一人にティーカップを置きながら、その娘さん——オレと同い年くらいの少女は、なんとはなしに世間話を始める。

「お客さん、知ってます？　王様は、実はずっと病気だったんですって！」

「あ、ああ、そうなの？」

どう返答していいか分からなかったんで、オレは知らないふりをしてお茶を濁した。ジーナたちも、微妙な表情で愛想笑いをしている。

王様を治したのはオレたちです、なんて言えないしな。

少女はオレたちの反応を見てもっと驚かせようと思ったのか、さらに言葉を続けた。

「確かに、最近の王様はずっと籠《こ》もりっぱなしでお姿をお見かけすることはなかったけど、まさかご病気だったなんてビックリですよね。それでね、噂じゃ謎の男性が王様を救ったらしいですよ」

「へ、へえ～……その男の人スゴイね」

「さらにその男性は、あのラスティオン様を捕まえたって話です。理由はグリムラーゼ王女様を襲ったからって噂だけど、英雄のラスティオン様がそんなことするなんてショックだわ……」

ちょ、ちょっと待て。いったいどこまで真相が知られてるんだ!?

つい先日まで、これらのことは完全に秘密だったのに。

「人の口に戸は立てられないってことだ、リューク」

ユフィオが苦笑いしながら、オレだけに聞こえるようにこっそり言葉を発する。

ホントに、一度情報が漏れるとあっという間に広がるもんだな。どんな噂が流れているのか、あとで確認しておこう。

「どこの誰か分からないけど、王様も王女様も救っちゃうなんて凄い人ですよねえ。あのゾンダール将軍よりも強いなんて噂もありますけど、本当ですかね？　そんな英雄がいるなら、ウチも助けてもらいたいところですよ……ふぅ」

「えっ、何か困っていることでもあるのかい？」

オレは思わず尋ねてしまった。

明るいテンションで話していた少女が、急に深刻な表情となってため息をついたからだ。

「あ、お客さんには関係ないのに、愚痴っちゃってすみません」

「別に気にしてないよ。それで、何があったんだい？」

「えーと、その、実は……」

少女が少し躊躇《ためら》いながら一呼吸おいて話し出そうとしたところで、廊下の奥――宿屋の玄関から、複数の人間が入ってくる気配を感じた。

そのままバタバタと音を立てて食堂までやってきたのは、貴族らしき格好をした若い男と、その従者と思われる男たちだった。

「フラン、今日が約束の日だぞ。どうするつもりなのか答えを聞かせてもらおうか、ぶひひっ」

小柄だが推定体重百キロ以上ありそうな男が、鼻息を荒くしながら少女に話しかけた。

現れたのは五人の男たちで、今喋ったのはその中のリーダーだろう。ノーブルな服装に身を包んでいて、一見して平民とは身分が違うと分かる。

恐らく貴族で、ほかの四人はその護衛と思われる。

「待ってくださいイワング様。約束の時間は今日の夕方のはずです。こんなに朝早く来られても……」

宿屋の娘さん――フランと呼ばれた少女は、オロオロと困惑しながら答える。

どうやら何かでトラブルになっているようだ。さっき言いかけていた助けてほしいというのは、多分このことなんだろうな。

「なんだ、まだ諦めてないのか？　往生際の悪いヤツだ。夕方まで待つのも面倒だから、わざわざこのボクから来てやったというのにぶひひっ」

貴族の男は二十代半ばほどの年齢で、身長は百六十センチ程度ながらかなりの肥満体型。茶色の髪を整髪剤でオールバックにし、高価そうな貴金属を体のあちこちに着けていた。

外見の美醜についてあまり言いたくはないが、控えめに見ても女性に好かれるタイプじゃなく、言葉を発するたびに漏れる荒い呼吸や、他人を見下したようなその目つきは、嫌悪感さえ覚える。

実際、フランという少女も、このイワングという男にいい感情は持ってないだろう。

「一応お約束ですから、夕方まではお待ちください。それに、お客様もいらっしゃいますので……」

「客～っ？　まったく邪魔なヤツらだ。おっと、でもそこの女たちはなかなかの美人じゃないか！夕方までこの女たちがボクの相手をしてくれると言うなら、待ってやってもいいぞぶひひ。お前ら、このボクと一緒に行動できることを光栄に思え！」

　そう言いながらイワングはジーナたちに近寄り、中腰になってそのデカい顔を接近させると、ジーナたちを品定めするように下卑た表情を浮かべる。

「何ふざけたこと言ってんだ！　いい加減にしないと、痛い目に遭わせるぞ！」

　イワングの無礼な態度に、気の短いユフィオが真っ先にキレた。ジーナとキスティーも気分を害したらしく、呆れた表情でイワングを睨みつけている。

　今日は平穏に過ごしたかったんだが、ちょっと予想外の事態になってきたな。

　険悪な雰囲気になったのでオレが間に入ろうとしたところ、その前にイワングの従者の一人がやってきて、腰の剣を抜いてジーナたちに突きつけた。

「イワング様に対するその態度、首を刎《は》ねられたいのか？　女といえども容赦せんぞ」

「お、おやめくださいっ！　夕方まで待っていただければ、その……お約束は必ず守りますので」

　あまり揉め事を起こしたくないオレでもさすがに今の行為は許せず、一発かましてやろうかと思った瞬間、フランが慌てて止めに入った。

　とりあえず『スマホ』でちらりと解析したところ、剣を抜いた男はレベル１１０の剣士で、ほかの護衛たちよりも1ランク上の強さを持っていた。

　Sランク冒険者の平均レベルは１０６くらいなので、Sランクでも上位の力はある。まあコイツは冒険者じゃなく、貴族が抱《かか》える専属騎士だろうが。

とにかく、イワングとこうなっている経緯がよく分からないので、オレとしてもどうすればいいのか悩む。

こんなヤツら叩きのめすのはわけもないが、余計こじれてしまっては本末転倒だからな。

「ふん、仕方ないぶひっ。剣を収めろジェイド。フランよ、お前に免じてこの場は引いてやるが、ボクの『導きの白樹笛《ディヴァインフルート》』が見つからなかったときは潔《いさぎよ》く妻になってもらうぞ」

「……承知しました」

『導きの白樹笛《ディヴァインフルート》』？　見つからなかったら妻？

なんとなく話が見えてきたぞ。

「すまないが、その『導きの白樹笛《ディヴァインフルート》』っていうのを弁償すればいいのか？　いくらか教えてくれれば、オレが立て替えてもいいが？」

イワングを刺激しないよう、オレはさりげなく解決策を提案する。

金でケリがつくなら話は簡単だ。こんなヤツの言いなりになるのはシャクだが、それでフランという少女が助かるなら協力してやりたいところ。

「いくらだと!?　お前、『導きの白樹笛《ディヴァインフルート》』を知らないのか？　その価値は金で換えられるものじゃない、いくらもらおうとも無駄だ！　まったく、平民のくせに横から口を出しやがってぶひーっ」

イワングは余計なお世話だとばかりに顔を真っ赤にし、ツバを飛ばしながら怒鳴り散らす。

オレのことを見た目で見下したが、こう見えても侯爵家の元嫡男《ちゃくなん》だぞ。まあ全然誇りになんて思ってないけどな。

家柄なんてクソくらえだ。イワングを見ていると、義父であるゲスニクを思い出しちまう。

他人のトラブルだが、こんなヤツには絶対に屈したくない気持ちが沸々《ふつふつ》とわいてきたぜ。

「まあいいフラン、お前がちゃんと約束を守ってくれるならボクとしても問題ない。いいか、ボクの『導きの白樹笛《ディヴァインフルート》』以外は認めないからな！　夕方また来る。おい帰るぞぶひっ」

そう言うと、イワングはお供たちを連れて宿屋を出ていった。

2. 導きの白樹笛《ディヴァインフルート》

「もしよかったら、あのイワングってヤツと何があったのか教えてもらえないか？」

イワングたちが帰ってひと息ついたあと、オレはフランに詳しい事情を尋ねてみた。

騒ぎを知って、ほかの場所にいた従業員三人——フランの母親らしき人と料理人の若い男、そして宿の清掃をしていた若い女性もここに駆けつけている。

「一週間前、イワング様がこの『金蘭《きんらん》の宿』にお泊まりになったのですが、その際にこちらがとんでもない不始末を起こしてしまって……」

少しの間フランは考えたあと、事の経緯をオレたちに説明し始めた。

この『金蘭の宿』は元々フランの父が経営していたのだが、三年前にその父が亡くなり、フランと母親が宿を受け継いだとのこと。

ただ、母親は以前から体が弱かったため、現在ではフランが中心となってこの宿を切り盛りしているらしい。日々頑張っているおかげか、比較的小さな宿屋ながらも、各地から多くの利用客が来てくれているのだとか。

オレが思うに、繁盛しているのはフラン自身の効果もあるような気がする。

髪は赤毛のセミロング、うっすら見えるそばかすが逆にチャームポイントになっている健康的な美少女で、明朗快活なところはかなり魅力的だ。きっとフラン目当てに泊まる男も多いだろう。

そんな中、先週イワングが突然従者を連れてこの『金蘭の宿』に泊まりに来た。

イワングという男は、ここアルマカイン王都の名門モノスドボレア家の跡取り息子で、父であるガストン伯爵は王都でも有名な顔役として知られているようだ。政治にも影響力があるうえ、最近は色々と羽振りも良く、王都でもこの親子のことは話題になってたらしい。

それほどの貴族が自分たちの宿を利用しに訪れたので、フランたちも驚いたそうだ。

王都の有力者だけに、何か失礼があってはならないと普段以上に気を遣い、可能な限りイワング一行をもてなしたそうだが、ここで事件が起こった。

イワングから預かっていた『導きの白樹笛《ディヴァインフルート》』を紛失してしまったのだ。

宿屋には客の貴重品を預かるサービスがあるのだが、イワングもそれを利用して『導きの白樹笛《ディヴァインフルート》』

をフランたちに預けていた。

それは旅先で奇跡的に手に入れたもので、世界に二つとない伝説級《レジェンダリー》アイテムだという。

そんな貴重品だけに、フランたちは手を震わせながら金庫に大切に保管したらしいのだが、いつの間にか消えていたとのこと。

「慌てて周囲を探したんですけど、どこにもなくて……」

フランがそのときのことを思い出しながらため息をつく。

「そもそも、金庫の中に入ってたものが消えるなんてありえないんじゃ？」

オレは当然の疑問を聞いてみる。

机などに置いていたというならともかく、金庫に入っていたなら問題ないはずだ。

「それが、一度だけ『導きの白樹笛《ディヴァインフルート》』を金庫から出しているんです。なくなった原因はそれかと……」

フランの説明によると、ほかの客からも預かっていた貴重品があったのだが、それを返却する際に、まず『導きの白樹笛《ディヴァインフルート》』から先に金庫から取り出していた。

これは物を出し入れするときに間違って傷つけてはならないと、最大限に気を遣って丁重な扱いを心掛けたかららしい。

そして目的の貴重品を取り出したあと、『導きの白樹笛《ディヴァインフルート》』はまた金庫に戻した。

と、それなら何も問題ないわけだが……

フランとしては確実に金庫に入れたつもりだが、この記憶に絶対間違いはないかと問われると、もしかして自分でも無意識にミスをしたかもしれないと自信がないらしい。

何せ超レアアイテムなので、緊張で少々パニックになっていてもおかしくない。

ただ、仮に入れ忘れたとしたも、『導きの白樹笛《ディヴァインフルート》』は金庫の近くにあるはずなのだが、これについても不運が重なってしまった。

というのも、フランの母親であるミランダさんは、体調不良によってときどき意識がぼーっとなることがあり、その日も金庫のある部屋で探し物をしていたところ、体調が悪くなったので少し休んでいたとのこと。

そのとき、意識が朦朧《もうろう》とした状態でうっかり何かをした——例えば置いてあった『導きの白樹笛《ディヴァインフルート》』を弾《はじ》いてしまって、たまたまゴミ箱に落ちた可能性もゼロじゃない。

そして間違えてそのゴミを捨ててしまった……というようなことではないかと考えているようだ。

「あたしが悪いんです。ちゃんと中身を確認しないでゴミを捨てたから……」

そう言ったのは、女性従業員のネリーヌさん。見た目から察するに恐らく二十代前半で、化粧っ気のないすっきり美人だ。

主に雑用全般をやっていて、ゴミ捨てもネリーヌさんの担当らしい。そのせいで、なくなったのはうっかり自分が捨ててしまったからだと思っている。

実は『導きの白樹笛《ディヴァインフルート》』は、一見しただけでは貴重な宝には見えないものだったらしいから、気付かずに捨てられても不思議はないという。

オレも『スマホ』で検索して調べてみたが、色は乳白色、形は丸みのある涙滴状《るいてき》で、大きさは手のひらより少し大きい程度。ざっくり言うとオカリナに似ている感じだ。

この『導きの白樹笛《ディヴァインフルート》』を迷宮《ダンジョン》で奏でると、その反響音でなんと正解ルートを教えてくれるらしい。

まさに冒険者が喉から手が出るほど欲しい貴重アイテムで、値がつかないというのも本当だろう。

「いや、ネリーヌじゃなく私が悪いんだよ。大事なものを預かっていたのに、不用心に休んでしまったから……」

「お母さんは悪くないよ。イワング様により良いおもてなしをしようと頑張りすぎただけ。わたしがちゃんと金庫に入れておけば、こんなことにはならなかったの」

責任を感じ、心労で憔悴《しょうすい》しているミランダさんをフランが慰める。

しかしこの事件、何か腑に落ちないな。みんなは捨ててしまったと決めつけているが、本当にそれが真相か？

確かに、『導きの白樹笛《ディヴァインフルート》』がなくなるとしたらそれ以外考えにくいが、どうも引っかかる。

イワングが旅先から帰ってきて、わざわざこの宿に泊まったのも違和感がある。

それほど遠くない場所に自分の屋敷があるんだから、宿なんて泊まらず帰ればいいじゃないか。

大事な宝も持っていることだし。

まあ外泊が好きだという可能性もあるが……

とにかく、『導きの白樹笛《ディヴァインフルート》』が返却できないなら、その代償としてフランはイワングと結婚し、一生イワング専用の召使いになるよう要求してきたということだ。

「フラン、ここまで来たらもう諦めよう。変に粘ってイワング様が気を悪くされたら、どんな処罰を受けるか分からない。素直にイワング様のもとに嫁いだほうがいい」

「なっ……なんでそんなことを言うのオルソー⁉　わたしはあなたと結婚したいのに！」

男性料理人であるオルソーは二十代半ばくらいの年齢で、現在十八歳であるフランの恋人らしい。

父のいないフランをずっとそばで支えてきたとのこと。

そのオルソーが結婚を諦める発言をしたので、フランは抗議の声を上げた。

「そうは言うけどフラン、夕方までに見つけるのは絶望的だ。これ以上無駄に時間を費やしても、イワング様の機嫌が悪くなるだけ。大丈夫、オレみたいなただの料理人と結婚するより、イワング様のもとに行ったほうが幸せになれるよ。いずれイワング様は、アルマカイン王都の中心的な権力者になるのだから」

あんな男がアルマカインの中心になる⁉　そんな悪夢、冗談じゃないぜ。

まあ何はともあれ、まずはこの宿のトラブルを解決してやりたいところだ。

「いやよっ諦めないわ！　わたしはあなたと……」

「二人とも落ち着いてくれ。オレが必ずなんとかするから、夕方まで信じて待っててほしい」

興奮するフランをなだめながら、オレは話に割り込んだ。

「え、ええっ、リュークさんが⁉　協力していただけるのは心強いですが、でも関係ないリュークさんが何故？」

「そうです、お客様にご迷惑をおかけするわけには……」

「いや、オレだって無関係じゃない。アイツらさっきジーナたちを脅したからな。気分の悪いヤツらだったし、オレ個人としても一泡吹かせてやりたいのさ。こう見えてもオレたち頼りになるんだぜ？」

そう言いながら、オレはニヤリと笑ってウインクする。

ちょっとキザっぽかったか？

「リュークはホントお人好しなんだから……まあそこがいいんだけどね」

「確かにあのバカ男は許せないからな。あの場でぶっ飛ばしておけば良かったと後悔してるくらいだ」

「もちろん、私たちも手伝うわ。どうすればいいか指示してリューク」

ジーナ、ユフィオ、キスティーも賛成してくれるらしい。

今日はせっかく楽しい一日にしようと思ってたのに、三人をつき合わせちまって申し訳ない。

でもオレと同じ意見でホッとした。

グリムラーゼ王女に頼めばあのイワングをなんとかしてくれるかもしれないが、王女にも立場がある。

私的なことで権力を無理やり行使するのは良くない。王族の評判も落ちるし。

どうしてもというときは王女の力を借りるかもしれないが、まずはやるだけやってみよう。

『導きの白樹笛《ディヴァインフルート》』さえ見つけちまえば、イワングだってもう文句は言えないんだからな。

「皆さん……わたしたちのためにありがとうございます」

「まあ任せとけって！　よし、それじゃ早速捜索開始だ！」

「おーっ！」

オレたちは準備を整え、宿屋を飛び出した。

☆

宿を出たオレは、ジーナたちと別れて王都の外れに来ていた。

宿の中はフランたちが隅々まで探したらしいから、今さら探しても『導きの白樹笛《ディヴァインフルート》』が見つかる可能性は低い。オレたちが思いつくような場所は、宿を熟知しているフランたちがとっくに探しているだろうからな。

宿内には絶対にないと確信したからこそ、フランたちは捨ててしまったと考えているわけで……

そもそもこの事件には疑問が多い。『導きの白樹笛《ディヴァインフルート》』は偶然なくなったにしては不自然で、作為的なものを感じている。

オレの憶測通り、もしなんらかの計略で『導きの白樹笛《ディヴァインフルート》』が消えてしまったのだとしたら、そのまま宿にあるとは思えない。外に持ち出されているだろう。

とはいえ、念のため約束の時間までは、フランたちには宿内と周囲を再度確認してもらうことになってるが。

ということでオレとジーナたちは外を探すことにしたわけだが、オレが王都の外れに来た理由は、ここに街のゴミが集められているからだ。

街に出されたゴミは、回収業者が一度集めて、王都の外れにまとめて捨てられる。

ゴミが出された地区によって捨てられる場所が決まっていて、フランたちの『金蘭の宿』が出したゴミならここに運ばれる。つまり、仮にゴミとして捨ててしまったなら、『導きの白樹笛《ディヴァインフルート》』はこの中にあるはずだ。

まあ、オレはここにあるとは思ってないんだけどな。ゴミとして捨てられたと考えてないし。

一応このゴミ捨て場も捜索対象ではあるが、ここに来た本命は別の理由だ。

「おっ、いるいる、思った通りたくさんいる。チューチュー！（おーい、ちょっといいかな？）」

オレはゴミを漁っている小動物たちに、『スマホ』の翻訳機能を使ってネズミ語で話しかけた。

そう、ここには王都で暮らすネズミが集まっているのだ。

どこの家にも、ネズミの一匹くらいは出入りしている。つまり、ネズミの行動範囲は各家庭を網羅しているわけで、間違いなく王都の街に一番詳しいだろう。そのネズミたちに、

『導《ディヴァインフルート》きの白樹笛』の行方を探してもらおうというわけだ。

オレの呼びかけに、まずは近くにいたネズミたちが集まってくる。

「チューチュチュー？（おい人間、なんか用か？）」

「チュチュチューチュ、チュチュ？（君たちに探し物を頼みたいんだが、お願いできるかな？）」

「チューチュチュチュチュウーチュー（そりゃ条件次第だな。なんか食いもんくれれば考えてやるぜ）」

「チューチューチュチュウーチュ（もちろん、なんでもやるから、欲しいものを教えてくれ）」

「チューッ！　チュチューッ！（ホントか！　なら最高級肉《テンダーロイン》のビーフベーコンくれ！）」

最高級肉《テンダーロイン》のビーフベーコンだって⁉

めちゃくちゃ贅沢だな。まあ動物は本能に正直だから、分かりやすくて助かるが。

オレの『スマホ』にはあらゆる食材が撮影されてるから、最高級肉《テンダーロイン》のビーフベーコンももちろんある。それを一つずつ、オレはコピー出力で実体化させた。

「チュチュー？（これでいいかな？）」

「チュチュチュチュー！（うおおおおご馳走だあああーっ！）」

ビーフベーコンを見た周囲のネズミたちがどっと集まり、いっせいに齧《かじ》りついた。

どうやら交渉成立みたいだな。

ひとしきり食べたあと、満足したネズミたちがオレの頼みごとを訊いてきた。

「チュ〜〜！　チュチュ？（ぷはー美味かった！　で、探し物ってなんだ？）」

「チューチュー（こういうモノなんだけど……）」

オレは『スマホ』の検索で出てきた『導きの白樹笛《ディヴァインフルート》』の画像をネズミたちに見せる。

「チュー？（なんだコレ、食い物か？）」

「チューチュチューチュー（いや、笛っていうアイテムなんだけど、見たことあるかな？）」

「チューチューチュー（よく分かんねえけど、グローボに似てるな）」

ああ、言われてみれば確かに！

『グローボ』というのは丸みのある白い魚で、パッと見はそっくりだ。

食材としてグローボも『スマホ』に撮ってあるので、見本代わりにそれをコピー出力する。

「チュウーチュチューチュチュー、チューチューチュウチュー（このグローボに似たアイテムを探してくれ。もしくは、何か関係ありそうな手掛かりを見つけたら教えてほしい）」

「チューッ、チュチュチュウチューッ（了解だ！　街の仲間たちにも聞いてきてやる）」

オレの頼みを聞いたネズミたちがいっせいに走り出す。それと入れ替わるように、新たなネズミたちがオレのもとに集まってきて、同じように最高級肉《テンダーロイン》のビーフベーコンをねだってきた。

そしてベーコンを食べて満足したあと、捜索に向けて走り出す。

よし、とりあえず考えていた作戦は上手くいきそうだ。

この人海戦術ならぬ鼠海戦術で、王都中を捜索してもらう。仮に『導きの白樹笛《ディヴァインフルート》』が見つからなくても、せめて何か知っているネズミがいてくれたら、突破口も見えてくるはずだ。

と、まずは一安心していたところ、ゴミ山の陰からネズミたちが続々と現れ、オレ目がけて津波のように押し寄せてきた。

（ぎょえーっ！　ど、どこにこんなにいたんだコイツら〜っ！）

オレは半泣きになりながら、一つ一つひたすらビーフベーコンを出していく。

ちなみにジーナたちには、冒険者への聞き込みに加えて、街のアイテム屋を片っ端から回ってもらっている。

あれほどの宝だけに、もし誰かが見つけていればそれなりの噂になってるはず。

もしくは、質《しち》に流れた可能性もあるので、その調査をお願いした。

しかし、探し物がやっと終わったと思ったら、また探し物とはなあ……

それから数時間が経ち、時刻は午後の三時になった。

イワングとの約束の時間は夕方五時なので、タイムリミットまであと二時間。

大量のネズミに埋もれながらオレはビーフベーコンを出し続けたが、未だに有力な情報は得られず、さすがに焦り始めてきた。

もう諦めて、グリムラーゼ王女の力を借りるべきか？

王女には申し訳ないし、自力で解決できなくて悔しいが、このままじゃフランはイワングの奴隷になってしまう。なんとかそれだけは救ってやりたい。

どのみち、このままでは今夜の夕食会に遅れてしまいそうなので、王女には連絡を入れようと思っていたところだった。

（……だめか。これ以上ここで時間を潰すわけにはいかない）

オレは『導きの白樹笛《ディヴァインフルート》』の捜索を打ち切ろうとしたところ、一匹のネズミが大きな声で鳴きながら飛び込んできた。

「チュチュチュウーチュチュッ！（おい人間、オレの友達を連れてきたぜ。コイツがグローボみたいなアイテムを見たってよ！）」

「チュウッ!?（なんだって!?）」

連れられてきたネズミは、アイテムを目撃した場所までオレを案内してくれるという。それが『導きの白樹笛《ディヴァインフルート》』とはまだ確定したわけじゃないが、首の皮一枚繋がった！

何はともあれ、ジーナたちに連絡しようとしたところ、逆にジーナたちから『光紙』が送られてきた。

向こうでも何か進展があったのか？

オレは『光紙』を受け取り、メッセージを確認してみると……

（えっ、まさか!?　そんな……!?）

想定外のことに、オレは混乱する。

このあとオレは衝撃の事実を知るのだった。

3．事件の真相

「遅いっ、遅いぞっ！　平民のクセにボクを待たせやがってぶひーっ！」

宿に現れたオレとジーナたちを見て、イワングが鼻息を荒くして怒鳴る。

夕方五時、オレたちが約束の時間ギリギリに宿に戻ると、すでにイワングたち五人が来て待っていた。一応、時間通りなんだがな。まあコイツがおとなしく待っていただけでも良しとするか。

「リュークさん、『導きの白樹笛《ディヴァインフルート》』は見つかりましたでしょうか……？」

フランを始め、母親のミランダさん、従業員のネリーヌさん、そして料理人のオルソーが、心配そうな眼差しでオレたちを迎える。

「無理無理、ボクの『導きの白樹笛《ディヴァインフルート》』を見つけられるわけがない。さあフラン、約束通りボクの妻になってもらうぞ！　ぶひひひっ」

「きゃあっ！」

イワングは野望達成を確信しているらしく、フランに近付いたあと肩に腕を回し、強引に抱き寄せた。

「待てよ！　どうしてオレたちが『導きの白樹笛《ディヴァインフルート》』を持ってこられないと思うんだ？　それに、今のはまるで『導きの白樹笛《ディヴァインフルート》』のある場所を知ってるみたいな口ぶりじゃないか」

「なっ……そ、そんなの、なくなってから一週間も経てば見つからないと思うのは当然だろぶひっ」

オレに指摘されて、イワングは少し焦りながら答える。

「お前がそう思うのは勝手だが、オレたちはちゃんと見つけてきたぜ。コレが『導きの白樹笛《ディヴァインフルート》』だろ?」

そう言いながら、オレは荷物袋から光り輝くアイテムを取り出した。

「ああリュークさん、『導きの白樹笛《ディヴァインフルート》』を見つけてくれたんですね! ……あれ? でも、ちょっと違うような……? 見た目は間違いなく『導きの白樹笛《ディヴァインフルート》』ですが、わたしたちが預かったのは、こんなにキラキラ輝いてなかったですよ?」

オレが出した『導きの白樹笛《ディヴァインフルート》』を見て、フランは歓喜の声を上げたあと、少し不思議そうに首をかしげた。ミランダさんたちも、同じような表情で『導きの白樹笛《ディヴァインフルート》』を見つめている。

「な……なんだソレ!? ボクの『導きの白樹笛《ディヴァインフルート》』じゃないぞ!? お、お前、偽物を持ってきたな!? ボクの『導きの白樹笛《ディヴァインフルート》』以外は認めないと言ったはずだぶひっ!」

『導きの白樹笛《ディヴァインフルート》』の持ち主であるはずのイワングも、オレが持ってきたモノを見て驚きを隠せない状態だ。

「いいや、間違いなく本物の『導きの白樹笛《ディヴァインフルート》』だ。イチャモンをつけるのはやめてくれ」

「ウ、ウソだっ! 騙されるもんかっ! そ、そうだ、ボクの『導きの白樹笛《ディヴァインフルート》』なら、裏に小さくボクのサインがしてあるはず。それを見せてみろぶひ！」

　おいおい、伝説のレアアイテムにサインなんかするなよ。どういう神経してんだ？

　まあイワング《コイツ》の『導きの白樹笛《ディヴァインフルート》』には、その程度の価値しかないってことでもあるんだがな。

「ウソなもんか。正真正銘の『導きの白樹笛《ディヴァインフルート》』だ。ただし、お前の『導きの白樹笛《ディヴァインフルート》』じゃないけどな」

「……へっ？　な、なにっ⁉　い、意味が分からんぶひっ？」

「それはどういうことなんですか、リュークさん？」

　オレの説明を聞いて、イワングやフランを始め、この場の全員が狐につままれたような表情になる。

　みんなが冷静になるように一呼吸おいたあと、オレはもう一つの『導きの白樹笛《ディヴァインフルート》』を荷物袋から取り出した。それは最初にオレが出した『導きの白樹笛《ディヴァインフルート》』と比べると、色や形こそまったく同じだが、安物のオモチャのように出来の悪いモノだった。

「ああっ、それです！　わたしたちが預かったのは、その『導きの白樹笛《ディヴァインフルート》』です！　えっ、で、でもそれじゃ『導きの白樹笛《ディヴァインフルート》』が二つあることに？」

　世界に一つしかないはずの『導きの白樹笛《ディヴァインフルート》』が二つ出てきて、驚愕しているフラン。

「イワング、お前の『導きの白樹笛《ディヴァインフルート》』はコレだろ？　えっとサインだっけ？　それもここに入ってる。これで文句ないな？」

「そっ……いや、違うっ！　そ、それもボクのじゃない！」

「いいや、お前のだ。ただし、偽物だけどな」

「リュ、リュークさん、わたしもうワケが分かりません！　いったいどういうことなんですか⁉」

もったいぶったオレの発言を聞いて、フランは完全に混乱している。そろそろ種明かしするか。

「要するに、コレはイワングのモノで間違いないが、本物ではなく偽物の『導きの白樹笛《ディヴァインフルート》』ってことなんだ」

フランの疑問に答えるが、説明を聞いてもまだピンと来ないらしい。

少し考えたあと、フランはようやく意味を理解して口を開いた。

「つまり、わたしたちが預かっていたイワング様の『導きの白樹笛《ディヴァインフルート》』は、偽物だったってことですか？」

「そうだ。この男はフランたちを騙していたんだよ」

あのとき――ネズミの案内で『導きの白樹笛《ディヴァインフルート》』を見たという場所に移動しようとしたとき、ジーナたちから『光紙』が来たわけだが、それに書いてあったメッセージは、本物の『導きの白樹笛《ディヴァインフルート》』はアルマカイン王都の宝物庫にあるという事実だった。

実は数年前、アルマカインで偶然『導きの白樹笛《ディヴァインフルート》』が発見され、それ以来宝物庫に収蔵していたとのこと。場合によっては争いの火種になるため、このことは公《おおやけ》には秘匿されていた。

今回の捜索中、ジーナたちは王城の近くを通ったので、何か情報を知ってるかもしれないとグリムラーゼ王女に聞いてみたら、なんと本物の『導きの白樹笛《ディヴァインフルート》』を王都が保管していたというわけだ。

つまり、この時点でイワングのモノは偽物ということが発覚した。

驚きの中、念のためオレはネズミの案内で『導きの白樹笛《ディヴァインフルート》』の場所に行ってみると、そこはイワングの屋敷だった。

『虚身《うつろ》』から取得した『闇神』の能力で透明になり、屋敷に入って中を捜索すると、ネズミの言う通り『導きの白樹笛《ディヴァインフルート》』があった。

それは一見してレアアイテム特有のオーラもなく、冒険者なら胡散臭いと気付いただろうが、フランたち一般人には縁遠いアイテムだ。貴族のことを迂闊に疑うわけにもいかないし、本物と信じても仕方ない。仮に真贋《しんがん》のことで怪しんだとしても、イワングは王都の有力者だけに、恐らく鑑定士も抱き込んでるはず。争ったとして、フランたちに勝ち目はないだろう。

まったく卑怯なヤツだ。計略を暴けて本当に良かったぜ。

「そういうわけで、お前の『導きの白樹笛《ディヴァインフルート》』は返したんだから、約束通りフランは諦めてもらうぜ」

「………………こ、この泥棒めっ！　ボクの屋敷から盗んだな⁉」

オレの宣言を聞いて、イワングは逆ギレしたかのように怒りを露《あら》わにする。

「おいおい、オレは消えた『導きの白樹笛《ディヴァインフルート》』を探してきただけだぜ？　なんでお前の屋敷にその『導きの白樹笛《ディヴァインフルート》』があるんだよ、おかしいだろ？」

「う、うるさいうるさいっ！　どうやって『導きの白樹笛《ディヴァインフルート》』の場所を突き止めたのか知らないが、お前が泥棒なのは間違いない！　捕まえて牢獄送りにしてやるぶひっ！」

「どうやって知ったも何も、お前の屋敷に出入りしていたヤツが教えてくれたのさ」

そう言いながら、オレは呆然と話を聞いていたオルソーをわざとらしく見る。

「オ、オルソー、まさかお前裏切ったのか!?　あんなに金を払ってやったのに！」

「なっ、イ、イワング様、私は裏切ってません！」

「じゃあ今のコイツの発言はなんだ!?　お前が教えたんだろっ！」

「し、知りません知りませんっ！　私にもサッパリなんのことやらで!?」

思った通り、イワングとオルソーが揉め始めた。オレが言った『屋敷に出入りしていたヤツ』ってのはもちろんネズミのことなんだが、オルソーが疑われるようにわざと曖昧に表現したんだ。

「待ってオルソー、いったいあなたは何を言ってるの？　イワング様からお金をもらったっていうのは本当なの!?」

イワングとオルソーの会話を聞いたフランが、信じられないといった表情でオルソーを問い詰める。そう、オルソーはイワングとグルだったんだ。

これに気付いたのは、イワングの屋敷で『導きの白樹笛《ディヴァインフルート》』を見つけたあと。

消えた『導きの白樹笛《ディヴァインフルート》』が、何故イワングの屋敷にあったのか？　それを探るため、『嗅覚』スキルで匂いを嗅いでみたら、『導きの白樹笛《ディヴァインフルート》』にはオルソーの匂いが不自然なくらい付いていた。

宿ではほぼフランしか『導きの白樹笛《ディヴァインフルート》』には触れていないので、これは明らかにおかしい。

そして屋敷の中からも、オルソーの匂いはほのかに感じた。

オルソーには何かあると睨んでカマをかけてみたんだが、案の定イワングと繋がっていたというわけだ。

「フラン、よく思い出してほしいんだが、『導きの白樹笛《ディヴァインフルート》』を預かった当日、オルソーに何か普段と違った様子はなかったか？　変なことを言ったとか？」

「……そういえば、ずっと『導きの白樹笛《ディヴァインフルート》』のことを気にかけていたわ。てっきり、大事なものだからわたしに忠告してくれてたんだと思ってたけど……」

「具体的には、どんなことを言ってた？」

「えっと……そうだわ、お客様の預かりものを金庫から出すときは、まず最初に『導きの白樹笛《ディヴァインフルート》』から出したほうがいいってアドバイスしてくれたのはオルソーだった。そこまでしなくてもと思ったんだけど、オルソーが強く言うものだからそうしたんだった」

「ほかにもあるかい？」

「そうね……あっ、イワング様が喜ぶだろうから、『導きの白樹笛《ディヴァインフルート》』を磨いて差し上げたらって勧めてくれたわ。でも、傷付けたりしたら大変だから、怖くてできなかったの」

やっぱりそんなことさせようとしてたのか。

実はイワングの『導きの白樹笛《ディヴァインフルート》』を手に入れたあと、確認のため調べてたら、簡単に壊れちまったんだ。『スマホ』で撮ってあったから平気だったけど、偽物はかなり脆《もろ》い作りになっていた。

恐らくだが、フランが触っているうちに壊れることを期待したんだろう。

その場で壊れれば、紛失なんて面倒な展開にする必要もなかったしな。

「そういえば、私に探し物を頼んだのもオルソーだよ。おかしなものを探させるもんだと思ったんだが、あれも関係あるのかい？」

フランの母親ミランダさんも、当日の記憶を思い出す。

なるほど、金庫の部屋をわざと長時間うろつかせて、ミランダさんの体調を崩させる。それによって、紛失したときにみんなを疑心暗鬼にするのが狙いだったと思われる。

実際、そのせいでゴミとして捨てたと勘違いしたし。

結局フランたちは『導きの白樹笛《ディヴァインフルート》』を壊すことはなかったので、オルソーがこっそり金庫から出してイワングに渡したに違いない。フランも、まさか恋人であるオルソーが裏切るなんて思わなかっただろう。

狼狽しているオルソーを見てフランも真実に気付き、悲しげな目をしながら肩を落とした。

「どうして……どうしてなの？　わたしたち結婚の約束までしてたのに……」

フランがオルソーを問いただす。

「どうしてだと？　ふん、お前と結婚する気なんて始めからなかった。若い娘が宿を継いだと聞いたから、奪って金に換えようと思っただけだ」

本性がバレたオルソーは、やけくそ気味に全てを話し始める。

「そもそも何が結婚だ。キス一つさせないクセに、ませたこと言いやがって。だからガキは嫌いなんだ。お前がイワング様のところに行ったら、オレはネリーヌと結婚するつもりだった」

あ、オルソーはネリーヌとデキてたのか。それは知らなかったぜ。

衝撃の告白を聞いて、フランの目から涙がこぼれる。

これでだいたいのことは分かった。

イワングは何かでフランのことを知って、手に入れたいと思ったんだろう。そこでオルソーを抱き込み、一計を案じてフランを罠にハメた。オルソーとしても、金をもらえるうえにフランがいなくなれば、ネリーヌとの結婚にも障害はなくなる。

今『宿を奪って金に換える』なんてことも言っていたが、それはフランと結婚して権利証の名義人を自分に変更したら、勝手に売り払うつもりだったんだろう。

だがフランがいなくなれば、結婚なんて面倒なことをしなくても、自然とオルソーが実権を握れるはず。体の弱いミランダさんでは、宿を切り盛りすることなんて到底できないからだ。

グルであるイワングもオルソーに協力するだろうから、そのまま宿を乗っ取ることも難しくない。

オルソーがフランと結婚した場合、宿を売り払ったあとネリーヌを連れて逃亡しなくてはならなかったが、フランがイワングと結婚してくれたら堂々とこの宿でネリーヌと一緒にいられる。

まさに願ったり叶ったりというわけだ。

まあ実際にそんなことをオルソーが考えていたかは分からないが、恐らく当たらずとも遠からずなことをしていたと思う。まったく、イワングに負けないような最低男だな。

「お前……ボクの『導きの白樹笛《ディヴァインフルート》』はともかく、本物はどこで手に入れた？　いや、本当に本物か？　お前みたいな男が、これほどの宝を持ってるなんておかしいぶひぃっ」

イワングが本物の『導きの白樹笛《ディヴァインフルート》』を手に持ちながら、オレに聞いてきた。

「おいおい、雑に扱うなよ？　それはグリムラーゼ王女様から借りてきた本物なんだからな」

正確には、ジーナたちが借りてきてくれたんだけど。

「グ、グリムラーゼ王女様だとぉーっ⁉　このボクですら話したこともないのに、お前なんかと面識があるわけがないっ！　この大ウソつきめ！」

「なんと言われようとも事実だ。さあ、お前の『導きの白樹笛《ディヴァインフルート》』を返したんだから、これでこの件は終わりだ。お前たち全員この宿から出ていってくれ」

ショックからまだ立ち直っていないフランの代わりに、オレがイワングたちを追いたてる。

すると、イワングは手に持っていた『導きの白樹笛《ディヴァインフルート》』を振り上げ、力いっぱい床に叩きつけた。

レアアイテムではあるが特別頑丈というわけではないので、『導きの白樹笛《ディヴァインフルート》』は粉々に壊れてしまった。

「何するんだ⁉　伝説級《レジェンダリー》アイテムだぞ⁉」

「ククク……お前が壊した。王女様からの借り物を壊したのはお前だぶひっ！」

何言ってんだコイツ？　あまりに悔しくて頭がおかしくなったのか？

「これは重罪だぞ。お前のようなゴミはこの場でボクが裁いてやる！　ボクの力をナメるなよ？　こんな密室で起こったことなんて、揉み消すのはワケないんだぶひっ！　ジェイド、コイツら全員殺せ。死刑だ！」

こんな無茶して、オレに罪をなすりつけようってか？　呆れたぜ。まあ『導きの白樹笛《ディヴァインフルート》』は『スマホ』に撮ってあるから、壊されたところで痛くも痒くもないけどな。

「ま、待ってくださいイワング様、私だけは見逃してくれるんですよね？　イワング様のために精いっぱい働きましたよ？　フランがイワング様のもとに嫁ぐよう説得もしました！」

剣を抜いたイワングの部下たちがオレたち全員を取り囲んだので、オルソーが青い顔をして功績をアピールする。

一応、ネリーヌは恋人であるはずなのに、まるでその身を案じてないな。自分さえ助かればいいという感じだ。

オルソーに見捨てられたネリーヌが、これまたフランと同じくショックで声も出ない状態だ。

「見逃すだと？　バカを言うなこの役立たずが！　お前がしっかり役目を果たしていれば、こんなことにはならなかったんだぶひーっ」

「そ、そんな……」

イワングの言う通り、オルソーがもっと強引な手段を取っていたら、どうなっていたか分からなかった。ここまで上手くいったのは幸運だったかもしれない。

「フラン、このボクと結婚していれば幸せになれたのに、バカな女だ……やれ、ジェイド」

命令を受けて、ジェイドという男がオレたちに斬りかかる。

ジェイドの剣は、迷わずオレの首を狙ってきた。

呆れるほどまったく容赦ねーな。いくら命令とはいえ、コイツには良心がないのか?

オレは棒立ちのまま、剣先を片手でつまんで止める。

「なっ……バカなっ!?」

「コ、コイツ、ジェイド様の剣を……!?」

驚くジェイドとそのほかの三騎士。

ジェイドのピンチを見て、三騎士もオレに斬りかかってきた。

「狭いとこで暴れんなよ!」

ここは食堂だから多少の広さはあるが、多人数で戦うにはさすがに窮屈だ。どうしても椅子やテーブルが邪魔になる。

とはいえおとなしくやられるわけにもいかないので、仕方なく椅子などを蹴散らしながら、かかってきた三人を瞬く間もなくぶっ飛ばす。

「ぼげえええっ」

オレのパンチで男たちはコマのように回転しながら宙を飛び、室内の調度品をめちゃくちゃにしながら壁に激突して失神した。

三人はSランクに近い強さはあったが、今のオレにとっちゃ大したことないな。

あくびが出るような攻撃だったぜ。

「そ、その強さ、お前いったい……⁉」

「お前も寝てろ」

そう言ってオレはジェイドの右腕を折り、顔を殴って気絶させる。

『虚身《うつろ》』でオレも学習したが、こういうヤツは手加減するとロクなことがない。

さっさと戦闘力を奪って静かにさせるに限る。これで残りはイワング一人。

「そ、そんなっ、ジェイドが負けるわけっ……⁉　これはどういうことなんだぶひーっ⁉」

「凄いっ！　リュークさんってこんなに強かったんですか⁉」

「フラン、宿をめちゃめちゃにしてごめんよ。この被害は、あとでコイツらに弁償してもらおう」

とは言ったものの、さてどうしよう。衛兵を呼んで突き出したいが、イワングの父親はこの王都の顔役って話だから、王都の治安管理部と癒着《ゆちゃく》してたら厄介だな。

ひょっとしたら、すんなり逮捕とはいかないかもしれない。それどころか、オレたちのほうが罪に問われる可能性すらある。

面倒なことになってきたな……やはりグリムラーゼ王女の力を借りるしかないのか？

そう悩んでいると、休業中となっていたはずの宿の玄関が突如開けられ、ドカドカと大きな音を立てて大勢の人間がなだれ込んできた。

姿を現したのは、イワングと容貌の似た五十歳ほどの貴族と、その護衛と思われる十数人の騎士たち。

「パパ！」

「ガストン伯爵様!?」

イワングとフランの発言から、どうやら王都の顔役と言われているガストン伯爵のようだ。何故ここに来たのかよく分からないが、相当慌てているようで、顔面蒼白の状態で荒い息を吐いている。

「いいところに来てくれたよパパ！　コイツらがこのボクに逆らってムカつくんだ、パパの力を思い知らせてやって！　ケケ、お前ら覚悟しろぶひーっ！」

ジェイドがやられて泡を食ってたイワングだが、父のガストン伯爵が来たかと思うと、急に強気になってまた高慢ちきな態度を取り始めた。

ただそのイワングの言葉は、ガストン伯爵の耳を素通りしたようで、オレたちのほうに目を向けることもなく叫び声を上げる。

「そ、そんなことはどうでもいいっ！　緊急事態じゃ、今すぐこの王都を離れるぞ！」

「ど、どうしたのパパ？　もうすぐこの王都を牛耳《ぎゅうじ》れるんでしょ!?　なのに、なんで王都を離れちゃうの!?」

父ガストン伯爵の言葉を聞いて、イワングが目を白黒させて驚く。

なんかよく分からんけど、コイツら親子が王都から出ていってくれるならこっちの問題も解決だ。

王都も平和になりそうだし。

渡りに船、この宿の修理代はもういいからとっとと消えてくれ。

「説明している時間などないのじゃ！　もうこの王都には戻らん！　レグナザードに行くぞ！」

「レグナザードに⁉　待ってよパパ、じゃあフランだけでも一緒に連れていきたいぶひっ！　奴隷にしたいんだ。どうせ戻ってこないならいいでしょ⁉」

アルマカインの伯爵が、敵国であるレグナザードに行くって⁉

そりゃどういうつもりだ？　あっ、まさかコイツ……！

「ええい分かった、そのフランっていう女以外は全員殺せ！　イワング、女はお前が自分で馬車に積め。三十秒で出発するからすぐに済ませろ！」

ガストン伯爵の命令で、すぐさま大勢の従者たちが剣を抜く。

父親はもう少しまともであることを期待したが、この親にしてこのイワングありか。本当にどうしようもないな。

護衛騎士たちの中にはかなり強いヤツもいて、特にリーダーらしき男はジェイドを超えるレベル116だ。さすが名家の伯爵、いい手駒を従えてる。

こりゃまずいな。こんなところで大乱戦になったら怪我人が出ちまう。

一瞬で全員倒せればいいが、ちょっと人数が多すぎだ。どうする？

しかし、考えがまとまる前に、男たちがこっちに向かって駆け出した。

こうなったら、宿は全壊しちまうが、『滅潰の魔戦斧』の能力『念動爆風《サイコブラスト》』で全員吹っ飛ばすしか手はない――そう覚悟して迎え撃とうとしたところ、宿内に大音声が響き渡った。

「静まれ、愚か者どもっ！」

その声の凄まじい威圧感に、この場の全員が硬直した。

声の主は……ゾンダール将軍だった！

「ひいいいっ、しょっ、しょっ、将軍閣下ぁっ⁉」

ガストン伯爵が、喉奥から絞り出したようなかすれ声で悲鳴を上げる。

ほかの護衛騎士たちも、将軍を見て慌てて振り上げていた剣を下ろす。

いきなり将軍が現れたら驚くのも無理はないが、それにしてもガストンたちは異常に怯えてるような気がする。

「ゾ、ゾンダール将軍様……！」

フランやミランダさんたちはあまりの驚きに言葉を失い、やっとの思いで声を出したかと思うと、全員両膝をついて頭を床につけた。

そりゃ、こんな街宿に将軍が来たらビックリするよなあ。

「皆の者、面を上げて良い。リュークよ、どうやら揉めておったようだが、おぬしには余計な世話だったか？」

「いいえゾンダール将軍、本当にいいところに来てくれました。助かりましたよ」

ゾンダール将軍に言われて顔を上げたフランたちは、オレと将軍の会話を呆然とした表情で聞いている。

ガストン伯爵たちも、何が起こっているのか理解できずに困惑していた。

「ガストン、貴様の愚息《ぐそく》がここに来ていると聞いて、貴様もやってくるだろうと思っておったぞ。このワシが直々に来た理由は分かっておろうな？」

「そ、そ、それはっ、はっ、はひっ……！」

よほど将軍が恐ろしいんだろう。ガストン伯爵はまるで過呼吸状態のように、まともに息継ぎもできないくらい狼狽している。

「貴様が大罪人メルディナの片棒を担いでいたことは、すでに明らかとなっている。国家転覆を謀《はか》ろうとしたその罪、厳しく追及してやるから覚悟しろ」

「い、いえ、まままま待ってくだっ」

「ど、どういうことなのパパ⁉」

次から次へと慌ただしく出来事が起こり、イワングもパニック状態だ。

イワングは知らなかったようだが、やはりガストンは元王妃メルディナの一味だった。

レグナザードに行くというのを聞いたとき、そうじゃないかとは思ったが。

最近ガストンの羽振りがいいと噂になってたらしいが、それはメルディナの計略が成功すれば、この王都における支配力がさらに高まるからだろう。

だがメルディナの計略は失敗し、そして詳細についても少しずつ明らかになってきたことで、王妃一派に捜査の手が及ぶのも時間の問題だった。恐らく、ガストンもなんとかしようと思っただろうが、結局どうにもならず、仕方なく王都を捨ててレグナザードへ逃亡しようとしたに違いない。

そこに、将軍が追いかけてきたというわけか。

「ガストン、言いたいことがあるなら取り調べのときに聞いてやる。それとも、悪あがきをしてワシと一戦交《まじ》えてみるか？　貴様のところには腕利きの騎士がいると聞いておるぞ」

「めめめ滅相もない！　将軍閣下には、我が兵総勢でも敵いませぬ！」

あまりの衝撃で棒立ちになっていたガストンとその護衛たちだが、将軍の言葉でハッと我に返り、慌てて両膝をついてひれ伏す。抵抗など一切考えずに完全降伏だ。

さすが将軍、これくらいの存在になれば、色々と話は早いんだなあ。

「ちくしょーっ、ゾンダール将軍さえ来なけりゃ、ボクの思い通りになったのに！　まったく運のいいヤツめ！」

ただ一人、未だに状況が分かっていないイワングが、オレに向かって怒りをぶつける。

「モノスドボレア家の愚息よ、貴様はまだ分かっておらぬようだな？　貴様はワシのおかげで命拾いをしたのだぞ？　そこにいるリュークが本気になれば、この場の全員など一瞬で亡き者にされるだろう。何せ、ワシよりも遥かに強いのだからな」

将軍の言葉を聞いて、ポカンとなるイワング。

しばしの静寂ののち、フランが驚きの声を上げた。

「そ、それじゃ、もしかして王都を救った英雄ってリュークさんなんですか⁉」

「その通りですわよ」

フランの声に返事をしたのは、将軍の後ろから現れたグリムラーゼ王女だった。もちろんヒミカさんもいる。

将軍と一緒に来てたんだな。場が収まって安全になったから、姿を見せたんだろう。

「お、おうひょひゃまっ⁉　本物っ⁉」

間抜けな声を出したのはイワングだ。将軍が現れたとき以上に驚いたようで、それはもう言葉では言い表せないほど人間離れした顔になっている。

「リューク様、ご無事で何よりですわ！　わたくしに言ってくだされば、このような者たちなど即死刑にいたしましたのに！」

「お、おうひょひゃまと本当に知り合い⁉　あああボクのおうひょひゃまああ〜」

なんだ？　イワングが壊れたぞ？

涙と鼻水で顔をぐしゃぐしゃにしながら、奇声を上げて崩れ落ちた。

オレが王女と知り合いだったのがそんなにショックだったのか？

それにしても、なんだか王女の思考が物騒になっているような……？

「まったく、リューク様に逆らうなんて、身のほど知らずも甚《はなは》だしいですわ。お父様に言って、厳しく罰していただかないと」

いやまあオレのことはどうでもいいが、王様を殺そうと計画していた一味だけに、父親のガストン伯爵たちは最低でも一生牢獄だろう。

息子のイワングはそこまでじゃないだろうけど、詐欺をしたうえにオレたちを殺そうとしたのだから、それなりのお灸《きゅう》を据《す》えられるだろうな。


王女のあとから王都の衛兵たちも続々と現れ、ガストンやイワングたちを捕縛して連れていった。

これで無事一件落着だ。

王妃一派の逮捕も順調に進んでいるようだし、もうオレがいなくても大丈夫と確信した。

オルソーもイワング一味と見なされて連れていかれたので、室内にはオレとジーナたち、フランとミランダさんとネリーヌ、そして王女、ヒミカさん、将軍が残った。

ネリーヌも一応被害者の一人だ。オルソーに口説かれて結婚の約束はしてたものの、今回の計画は知らされてなかった。

ただ、フランの恋人と知っていながらオルソーと付き合っていたので、それについてネリーヌはフランに謝罪した。まあこれも、オルソーの甘い言葉にたぶらかされただけだしな。

フランたちの緊張もようやく解けてきて、その表情に笑顔が戻る。

「リュークさん、本当にありがとうございます。どうお礼していいか分かりません」

「別にいいさ。オレとしても『導きの白樹笛《ディヴァインフルート》』の存在を知ることができたし、大きな収穫があったよ」

『導きの白樹笛《ディヴァインフルート》』をコピーすることができたからな。

それに、ジーナたちが王女にこのトラブルのことを伝えたからこそ、ガストン伯爵がここに来ると将軍も予測できたわけだし。

オレとフランが出会わなければ、フランはイワングに連れ去られ、ガストン共々王都から逃げおおせた可能性もあった。ここでフランと出会ったことで全てが上手くいった気がする。

「わたし、男性を見る目がなかったんですね。あんな酷い男に恋していたなんて……」

「気にすることはないよ。これからいい男を見つければいい」

フランは気を落とすが、父を亡くした少女のそばに頼れる大人の男性が現れたら、好意を持ってしまっても不思議じゃない。

オルソーは顔もいいし、女の扱いも上手いから、騙されるのも無理はないだろう。

「あーあ、リュークさんと先に出会ってれば良かったな」

「別にいつ出会っても同じだよ。出会いに早いも遅いもないだろ？」

「それじゃ、わたしにもチャンスはありますか？」

「なんのことかよく分かんないけど、大事なのは諦めちゃダメってことだ」

「ありがとうございます！　わたし、頑張ります！」

「ストーップ！　リューク、お前ナチュラルにロクでもないことしてるの分かってるか⁉」

なんだ⁉　突然ユフィオが大声で怒ってきた。

恋人に裏切られてショックを受けてるフランを励ましてるのに、なんで邪魔する⁉

「もうっ、全然気付いてないのね！　アンタのそういうところが問題なのよ！」

「ホント、なんとかしないとダメね！」

「そんなことでは困りますわリューク様！」

ジーナやキスティー、グリムラーゼ王女までカリカリしてる。

今の会話で怒られるなんてサッパリ分からん。

「ふむリュークよ、おぬしの朴念仁《ぼくねんじん》ぶりはさておき、ワシがわざわざここにやってきたのは、ガストンどもを捕まえる目的のほかにもう一つ理由がある。おぬしに伝えたいことがあったからだ」

「えっ、ひょっとして何か起こったんですか？」

王都はもう大丈夫と考えていたんだが、オレの見通しは甘かったか？

だとしたら、不安の種が解決するまでここを離れるわけにはいかないが……

「いや、王都《ここ》はもうおぬしがいなくても問題ない。ワシが伝えたいというのは、おぬしの故郷であるハイゼンバーグ侯爵領の出来事だ。先ほど情報が入ってきてな」

「えっ、あそこで何かあったんですか？　まさかゲスニクが何か⁉」

予想外のことにオレも驚く。

『ハイゼンバーグ』というのは、オレの義父ゲスニク・ハイゼンバーグのことだ。

オレのいない間に、あのゲスニクが何かしでかしたというのか？

「いや、侯爵殿のことではない。ワシが聞いたのは、あの土地に新しく出現したという迷宮《ダンジョン》で、探索者の消息が次々に不明となる事件だ」

「迷宮《ダンジョン》で⁉」

将軍が言うには、迷宮《ダンジョン》内で何かの異変が起こり、現在探索者たちが色々と行方不明になっているとのこと。

ただ、まだ未確認の情報も多く、ギルドでどう対応するか検討中らしい。

冒険者の活動は基本的には自己責任なだけに、事故に遭ってもギルドが助ける義務はないが、あまりに続くとその対策も必要となってくる。特に、今回はギルドでも目をかけている新人Sランクが巻き込まれているようで、なんとか救出しようとあれこれ模索しているらしいが……

「新人Sランクって、まさか⁉」

「うむ、剣姫アニス・メイナードのことだ。おぬしと関係が深いことは聞いておったので、至急報せに来たというわけだ」

アニスが行方不明⁉　確かに、もう迷宮からアニスが帰ってきている頃だ。

いや、迷宮攻略は、場合によっては一ヶ月以上潜ることもザラだ。予定通りに帰ってこなくても、アニスが事件に巻き込まれていると確定したわけじゃない。

とはいえ、一刻も早く戻って安否を確認したい……

「将軍、ありがとうございます！　今すぐ侯爵領に戻ります！」

悩む必要なんてない。

アニスがピンチかもしれないんだ、助けに行かなきゃ！

もうすぐ日が沈むけど、オレなら夜中に荒野を移動しても平気だ。恐れるものなんて何もない。

「王女様、せっかく夕食会に誘っていただいたのに、行けなくてすみません」

「いいんですのよ。わたくしもリューク様の邪魔をしたくありません。お気になさらず、リューク様の思うように行動してくださいませ。わたくしは、リューク様を見送るためここに来たのです」

「リューク、アタシたちに構わず一人で行って。アタシたちはあとから追うわ」

「あたいたちも、お前の足手まといにはなりたくないからな」

「もし何かが起こっているんだとしたら、助けられるのはリュークしかいないわ」

「王女様、ジーナ、ユフィオ、キスティー……みんなありがとう」

オレは一人一人の顔をゆっくり見つめる。

「リュークよ、おぬしならきっとそう言うだろうと思っておった。我が軍最速の駿馬を表に用意してあるゆえ、それを使うがいい」

「いいんですか、将軍!?」

「なあに、おぬしがこのアルマカインにしてくれたことと比べれば小さすぎる餞別《せんべつ》だ。遠慮なく受け取ってくれ」

「ありがとうございます！」

オレはみんなと一緒に宿の外に出る。そこには、立派な馬体をした青鹿毛《あおかげ》の馬が待っていた。

オレは馬の背に乗り、もう一度みんなを見回す。

「リュークさん、またこの『金蘭の宿』に来てくださいね」

「おぬしへの恩はけっして忘れぬ。王都に来たときはいつでもワシを頼るがいい」

「本当に忙しい男ね。まあでも、この件が終わったら一度女性関係について整理しなくちゃね」

「剣姫にもライバル宣言しないといけないしな」

「別に私は全員恋人で構わないけどね。きっと楽しいわ」

「いいえ、リューク様はわたくしと結婚して、このアルマカイン王国の王となるのです！　……」

リューク様、お気をつけて……」

「それじゃみんな、行ってくる……それっ！」

手を振りながら見送ってくれるみんなを背に、オレは馬を出発させる。

アニス、どうか無事でいてくれよ！

オレの命を救ってくれたアニス。今度はオレがアニスを救う番だ。

故郷ゲスニク領に向かって、全速力で馬を疾走させるオレだった……

Re:Monster
リ・モンスター
1~9・外伝
8.5
暗黒大陸編1~4
金斬児狐
Kanekiru Kogitsune
シリーズ累計
170万部
（電子含む）
突破!
2024年4月4日~!
TVアニメ
放送開始!!
（TOKYO MX、BS11ほか）
ネットで話題沸騰!
怪物転生
ファンタジー
最弱ゴブリンの下克上物語 大好評発売中!
【小説】
1~9巻／外伝／8・5巻
◉各定価：1320円（10%税込）
◉illustration：ヤマーダ
新章
【小説】
1~4巻（以下続刊）
◉各定価：1320円（10%税込）
◉illustration：NAJI柳田
コミカライズも大好評!
【漫画】
1~11巻（以下続刊）
◉各定価：748円（10%税込）
◉漫画：小早川ハルヨシ